آگہی کے ویرانے

(افسانے)

مصنف:

اقبال متین

Aagahi ke Veeraney *(Short Stories)*

by: Iqbal Mateen

Edition: April '2024

Publisher :

Taemeer Publications LLC (Michigan, USA / Hyderabad, India)

ISBN 978-93-5872-015-0

کتاب	:	**آگہی کے ویرانے** (افسانے)
مصنف	:	**اقبال متین**
صنف	:	فکشن
ناشر	:	تعمیر پبلی کیشنز (حیدرآباد، انڈیا)
سالِ اشاعت	:	۲۰۲۴ء
صفحات	:	۱۶۰
سرورق ڈیزائن	:	تعمیر ویب ڈیزائن

فہرست

انتساب

اُن سادہ صفحات کے نام جنہیں میری

زندگی میں سیاہ ہونا ہے

حرفِ چند

''آگہی کے ویرانے'' اقبال متین کے افسانوں کا چوتھا مجموعہ ہے۔ خوشی ہے کہ یہ مجموعہ ''دیارِ گنگ و جمن الہ آباد سے شائع ہو رہا ہے۔ اقبال متین حیدرآباد کے ایک منجھے ہوئے افسانہ نگار ہیں۔ حیدرآباد پریوں کی داستان کا شہر ہے کسی وقت '' اصفہان نصف جہان'' اور شاہجہاں آباد کی طرح اسے بھی ہندوستان کی ادبی اور تہذیبی زندگی میں ایک اعتبار حاصل تھا۔ یہاں کی خاک سے بہت سے غواصِ معانی نکلے جنہوں نے اردو کو آبرو بخشی۔ محمد قلی قطب شاہ سے لے کر مخدوم، سکندر علی وجد اور اریب تک، شعری روایات کی ایک لمبی کہانی ہے۔ افسانوی ادب کے لئے مہاراجہ کشن پرشاد شاد کی چنچل نار، بزم خیال اور مطلع خورشید سے چل کر زور صاحب کے گولکنڈہ کے ہیرے'' پھر عزیز احمد، جیلانی بانو، واجدہ تبسم'' اور عاتق شاہ تک داستان در داستان کہانیاں پھیلی ہوئی ہیں۔ اور یہ سلسلہ یہیں ختم نہیں۔ اس سے اندازہ کیا جا سکتا ہے کہ اس سرزمین میں کہانیاں کہنے کا کتنا شعور ہے۔

اقبال متین کا تعلق ایک ایسے دور سے ہے جو نظام شاہی حیدرآباد کے عروج و زوال دونوں کا دور ہے۔ لیکن انھوں نے محلوں کے اندرون کی زندگی یا نوابی خاندانوں کی دنیا پیش کرنے کے بجائے، اس متوسط طبقے کی زندگیاں پیش کی ہیں،

جہاں عام انسانی زندگی کے تجربات، کراہتی ہوئی انسانیت اور اُس کی بنتی بگڑتی تصویریں ہیں۔ شاید انھوں نے اپنے فن کو عام انسانیت سے اسی وجہ سے قریب رکھنا پسند کیا کہ اس میں زندگی کی مختلف الالوانی باقی رہے اور اس طرح ان کے گرد و پیش کی پوری زندگی منعکس ہو سکے، نہ کہ وہ صرف ایک طبقے کی دلچسپیوں اور رنگینیوں کی اسیر ہو جائیں۔ یہی وجہ ہے کہ اُن کے افسانوں میں ورائٹی (VARIETY) ہے جو ان کی پیش کش کو یکسانیت اور (STEREOTIPE) ہونے سے بچاتی ہے۔

اقبال متین کے افسانوں میں بنیادی بات، کہانی کے موڑ اور پلاٹ کی ترتیب ہوتے ہیں۔ اُن کی تمام کہانیوں میں، قاری واقعات کے ساتھ گھومتا رہتا ہے اور کردار ان واقعات کے SATTELITE کی طرح ساتھ ساتھ گھومتے رہتے ہیں اور پھر اختتام پر کہانی، ایک حیرت انگیز رُخ اختیار کر کے کبھی قاری کو حیرت میں ڈالتی ہے اور کبھی اختتام کی جستجو اور اُس کی تشفی بھی اس ڈھنگ سے کرتی ہے کہ کوئی ذہنی اُلجھن یا تشنج باقی نہیں رہ جاتا۔ اس تمام سفر میں، کہانی اپنا آخری چہرہ قاری کے تصور میں پیش نہیں کرتی۔ بہت کم ایسا ہوتا ہے کہ آخری کڑی قاری کے ذہن میں، کہانی ختم ہونے سے پہلے موجود ہو جائے۔ جہاں ایسا ہونے لگتا ہے، افسانہ نگار فوراً اُسے ٹویسٹ دے کر، دوسری طرف موڑ دیتا ہے اور پھر بڑے اہتمام سے اُسے کہانی کے اختتام تک لے جاتا ہے۔ اقبال متین کی کہانیوں میں 'رات کے راہی' 'شیبا' 'ایک پھول ایک تتلی' 'نچا ہوا البم' 'خالی پٹاریوں کا مداری' اچھی کہانیاں ہیں۔

اقبال متین اگرچہ مفاہمت کے زیادہ قائل نہیں، مگر اُن کے مسائل اور تھیم اکثر اُن کے گرد و پیش کی زندگی سے متاثر ہوئے بغیر نہیں رہتے۔ بعض ان میں سے

ایسے ہیں جو اگرچہ مقامی ہی نہیں، انھیں دوسری جگہوں پر بھی تلاش کیا جا سکتا ہے تاہم اُنھیں پیش کرنے کی جرأت بہت کم لوگوں نے کی ہے۔ کم از کم اُردو کہانیوں اور ناولوں میں مجھے صرف ایک ایسا تھیم یاد پڑتا ہے جسے غالباً رشید اختر ندوی نے 'طوفان کے بعد' کے نام سے پیش کیا تھا۔ اقبال متین نے 'چراغ تہِ داماں' کے نام سے یہ تھیم پیش کیا ہے۔ اس تھیم کو کتنا ہی گھناؤنا کیوں نہ قرار دیا جائے مگر اس کے وجود سے انکار نہیں کیا جا سکتا۔ اور جب، فن کار کے گرد و پیش اس طرح کی متعدد مثالیں ہوں تو کیسے ان کا قلم اُنھیں فراموش کر سکتا ہے۔ سیکس کا یہ ایک اہم تھیم ہے اگرچہ پُر درد نالہ ہی سہی۔ اردو شاعری میں آبرو اور محمد شاہی دور کے دوسرے شعرا، یہاں تک کہ میر کے اشعار بھی' اس موضوع سے خالی نہیں۔ فی زمانہ جب کہ مغربی سوسائٹی میں اس جنسی زندگی کو قانونی حیثیت دے دی گئی ہے، اگر فن کار اُسے عیاں کرتا ہے تو اُسے معطون کرنے سے پہلے ہمیں اپنے سماج کی دل چسپیوں کو قابلِ لعنت قرار دینا چاہیے۔ اقبال متین نے بہت سنبھال کر، اس موضوع پر قلم اٹھایا ہے۔ ایسے سماج میں جس کی پینٹنگ اقبال متین نے کی ہے، شانتو جہ، ذیر بالڈ اور کوشلیا کے عجیب و غریب کرداروں سے انکار نہیں کیا جا سکتا خواہ ان کی صورت کتنی ہی کریہہ کیوں نہ ہو۔ فن کار تو زندگی کی تہوں کو اکٹ کر دیکھنے اور سوسائٹی کے تمام نشیب و فراز کا جائزہ لے کر اُسے سمجھنے اور سمجھانے اور اس سے جھنتی ہوئی حقیقتوں کو پیش کرنے کا مدعی ہوتا ہے۔ وہ اس صورت کو کیسے چھپا سکتا ہے۔ یہ باتیں تلخ سہی مگر اپنا وجود رکھتی ہیں۔ فن کار کا سلیقہ یہی ہے کہ ان تلخ باتوں کی تلخی کا احساس اُس کی پیش کش میں ابھر تا رہے اور

یہ بات چراغ تہِ داماں میں ہر قدم پر دیکھی جا سکتی ہے۔

زبان کے معاملے میں اقبال متین، کہانی اور کرداروں کے ماحول کی زبان کے قائل ہیں اور یہ بات مناسب بھی ہے جن حالات میں کہانی اپنا ارتقائی سفر طے کرتی ہے، زبان کو اُسی لحاظ سے چلنا پڑتا ہے۔ کردار کا مزاج، اُس کی ترتیب، اُس کی سچویشن، سب کردار اور کہانی کی زبان کو اُسی طرح ڈھلنے پر مجبور کرتے ہیں۔ چونکہ خود اقبال متین کو بیانیہ انداز پسند ہے، اس لئے اُن کی کہانیوں کی زبان بھی بہت EXPRESSIVE ہوتی ہے جو تفہیم تک کہانی اور قاری دونوں کی دستگیری کرتی ہے۔ وہ زبان کو اُلجھانے کے قائل نہیں۔ واقعات کی تاثیر اُن کی تفہیم میں پوشیدہ ہوتی ہے اور تفہیم، صرف استعاروں اور علامتوں میں ممکن نہیں، استعارے اور علامتیں باتوں کو لطیف بنا سکتے ہیں جس سے تفہیم میں نکھار آتا ہے مگر صرف استعاروں اور علامتوں میں باتیں کرنا، کم از کم کہانی کے لئے ممکن نہیں ورنہ کہانی لایعنیت تک پہنچ جاتی ہے۔ اقبال متین نے اس طریقے سے گریز کیا ہے۔ اُن کے یہاں کہیں کہیں علاقائی زبان اور محاوروں کا استعمال بھی ملتا ہے جس کے لئے وہ حق بجانب ہیں۔ خاص علاقے کے کرداروں کو پیش کرتے وقت، بعض اوقات یہ ضروری ہو جاتا ہے کہ باتیں اور اشارے انھیں زبانوں کے پیش کئے جائیں جنھیں کردار استعمال کرتے ہیں۔ یہ ضرور ہے کہ اُن کی بہتات نہ ہونی چاہئے کیونکہ ایسا کرنے سے کہانی کا تاثر مجروح ہوتا ہے۔ اقبال متین، اِن تمام باتوں کا ہر ہر قدم پر خیال رکھتے ہیں۔ مجھے اُمید ہے کہ اُن کا یہ مجموعہ اُردو افسانے کی تاریخ میں ایک اضافہ ثابت ہوگا۔

سیّد محمد عقیل
شعبۂ اردو، الٰہ آباد یونیورسٹی

نومبر ۱۹۶۹ء

ایک داستان شہر سے دُور

آج بھی الاؤ دہک رہا تھا۔

آج بھی اطراف کے لوگ جمع تھے، خاموش گردنیں جھکائے سوچ رہے تھے۔

اس سناٹے میں دہکتی ہوئی آگ میں جلتی ہوئی لکڑیوں کی چیخ صاف سنائی دے رہی تھی۔ کوئی کھانس ہی لیتا، کھنکار ہی لیتا تو یہ آواز اس روشنی سے بھی زیادہ دور تک جاتی، جو روشنی جلتے ہوئے الاؤ نے اپنے اطراف پھیلا رکھی تھی۔

کوئی آگ پر جھک کر اس کی حدت سے اپنے جسم کے لیے حرارت حاصل کرتا۔ کوئی دونوں ہاتھ بڑھا کر چھوٹے چھوٹے شعلوں کی زبانوں سے اس طرح کھیلتا جیسے انھیں چھو رہا ہو۔

الاؤ دہکتا رہا، لوگ سر جھکائے بیٹھے رہے، جلتی ہوئی لکڑیاں چٹختی رہیں اور چٹخنے کی آواز الاؤ کی روشنی سے بھی دور دور تک جاتی رہی۔ لیکن مکھیا ابھی تک نہیں لوٹا۔

لوگوں نے بوڑھے کاکا کی جانب بیک وقت دیکھا۔

کاکا نے آنکھوں ہی آنکھوں میں ابھی صبر کرنے کی تلقین کی۔

نبیہ کو گئے آج تیسرا دن تھا۔

گاؤں کے مکھیا کی سب سے چھوٹی بیٹی۔ نبیہ جس کے حُسن کے چرچے قرب و جوار میں دور دور تک تھے۔

نبیہ کا بدن مٹی سے نہیں آٹے میں گوندھ کر بنایا گیا ہوگا۔

نبیہ کے کالے لمبے بالوں میں تاریک راتوں کی ساری سیاہیاں گھولی گئی ہوں گی۔ نبیہ کی وحشی آنکھوں کو ہرنیوں کی وحشت بھی دی گئی ہوگی اور جھیلوں کی پُرسکون گہرائی بھی۔ اور یہی نبیہ آج تین دن ہوئے گھر سے غائب تھی۔

نبیہ پر مکھیا کو فخر تھا۔

مکھیا پر، مکھیا کی ان مونچھوں کو فخر تھا جو ہمیشہ اٹھی ہوئی رہتی تھیں۔

مکھیا ان مونچھوں پر تاؤ دیتا ہوا گاؤں کے چوپال کی سمت روانہ ہوتا تو کتنے ہی گبرو جوان جو دل ہی دل میں نبیہ پر مرمٹے تھے، جو نبیہ پر دم بھرتے تھے، وہ سر اُٹھا کر مکھیا سے نظریں چار کرنے کی ہمت بھی نہ کر سکتے تھے۔

پھول کی خوشبو مہکتی ہے تو سونگھنے والے کی کوئی تخصیص نہیں رکھتی۔ کتنے ہی پیام نبیہ کے لیے آئے لیکن مکھیا کو ایک بھی نہ جچا۔

کوئی مکھیا کا ہمسر نہ تھا تو کوئی نبیہ کے قابل نہیں۔

پھر مکھیا نے عام منادی کر دی۔

جو نبیہ کو بیاہنا چاہے وہ چالیس بیلوں کے رتھ پر سوار ہو کر آئے۔

جو نبیہ کو اپنانا چاہے وہ سونے کی سات تھالیوں میں چاندی کے پھول سجا کر لائے۔

جو نبیہ کا ہو کر رہنا چاہے وہ لال ریشم کا ایسا تھان لائے جس سے گاؤں بھر کی تمام دوشیزاؤں کا لباس تیار ہو سکے۔

جو نبیہ کو دلہن بنانے کی تمنا رکھتا ہو اس کی اتنی زمین ہونی چاہئے کہ صبح کا نکلا ہوا مسافر شام تک اُس کی دوسری سرحد پر نہ پہنچ سکے۔

کھمیا نے سنا، کاکا نے سنا۔ یہاں تک کہ اس ڈھکی چھپی بات کو آہستہ آہستہ سبھوں نے سن لیا کہ یہ شرطیں پوری کرنے والا کوئی مائی کا لال کسی قریئے میں نہیں ہے۔

دن بیتتے گئے۔ نبیہ کا حسن اپنی شگفتگی، اپنی تازگی کی حفاظت کے لیے تگ و دو کرتا رہا لیکن وقت جو دینا ہے وہ دیتا ہے، جو لینا ہے وہ لیتا ہے۔ وہ کسی بڑے سے بڑے کے لیے کچھ دیر کے لیے ٹھہرتا ہے نہ کسی کومل سی نبیہ کے لیے۔

اور وقت اُڑنے لگا تو چوپال پر لوگوں نے باتیں شروع کر دیں۔ ایسی باتیں جو سرگوشیاں بن کر سینہ بہ سینہ' قریہ در قریہ پھیلنے لگیں۔

اونچی آواز میں کسی نے بات نہیں کی کیونکہ کھمیا کی بڑی لمبی لمبی مونچھیں تھیں۔ جو ہمیشہ اٹھی رہتیں، اکڑی رہتیں۔ کیونکہ گاؤں کے ویر بھی سر اٹھا کر کھمیا سے آنکھیں نہ ملا سکتے تھے۔

لیکن قریبی گاؤں کے ایک ویر نے کھمیا کو کہلا بھیجا:

بیس بیلوں کے رتھ پر سوار ہو کر آؤں گا۔

سونے کی تھالیوں میں چاندی کے پھول سجا کر لاؤں گا۔

لال ریشم کا ایسا تھان لاؤں گا جس سے آدھے گاؤں کی دوشیزاؤں کا لباس تیار ہو سکے

کمھیا تک ویر کا پیام لانے والا خود ویر کا اپنا باپ تھا۔
اس نے اپنی پگڑی کمھیا کے سامنے اُتار کر اس کے آگے بڑھادی تھی کہ کمھیا محبت کے دو بول اس کی جھولی میں ڈال دے۔
اس نے کمھیا سے یہ بھی کہا تھا کہ:
میرا ویر بھی نبیہ کے قابل ہے کمھیا۔ مردانہ حسن اور وجاہت کا خزانہ میرے ویر کے پاس بھی ہے۔ تو دیکھے گا تو فخر سے تیرا سینہ اور چوڑا ہو جائے گا، تیری گردن اور تن جائے گی، تیرے رگ پٹھے اور ابھر آئیں گے اور ۔ جو اولاد میرے ویر کی ہوگی ان کا کوئی ہمسر نہ ہوگا۔ اور تیری سفید مونچھوں کا بل انہی سے قائم رہے گا۔
گاؤں کا کاکا، گاؤں کا چودھری اس وقت سبھی موجود تھے۔
سب کی باچھیں کھل گئی تھیں۔
لیکن کمھیا کی تیز تیز اور خشم گیں نظروں نے سب کی مسکراہٹیں نوچ کر پھینک دیں۔
کمھیا نے ویر کے باپ سے کہا۔
بڑے ویر اب تم واپس جاسکتے ہو۔ مجھ سے آدھی شرطیں منوانے کے لئے اس وقت آنا جب نبیہ کا حسن آدھا رہ جائے گا۔
ویر کا باپ گردن جھکا کر مایوس لوٹ گیا۔ لوٹتے وقت وہ اپنی عمر سے زیادہ لگ رہا تھا۔ اس نے پلٹ کر کمھیا کی طرف پھر نہیں دیکھا۔ بس چلتا رہا یہاں تک کہ نظروں سے اوجھل ہو گیا۔ گاؤں بھر میں کسی کی نظروں نے اس کا تعاقب نہیں کیا۔ پھر اس کا نظروں سے اوجھل ہوتا کیا معنی۔ لیکن یہ سب کچھ ہوا ضرور۔ کسی کی نظروں نے

اس کا تعاقب بھی کیا۔ کسی کی نظروں سے وہ اوجھل بھی ہوا۔ لیکن ان کا تعاقب کرنے والی نظروں کو کسی نے نہیں دیکھا۔

وہ نبیہ کی نظریں تھیں جو بوڑھے ویر کے ساتھ ساتھ گئیں تو پھر نہیں لوٹیں۔

اب نبیہ خود اپنی ہی نظروں کو اس سمت میں تلاش کرتی رہتی جس سمت میں گردن جھکا کر بوڑھا ویر چلا گیا تھا۔

سرگوشیاں بن کر سینہ بہ سینہ، قریہ بہ قریہ چل نکلنے والی باتیں اب چوپال پر اونچی آوازمیں کی جانے لگیں۔

مکھیا کے کانوں تک بھی یہ بات پہنچی کہ لوگ اس کی تنی ہوئی مونچھوں کو جھکی جھکی دیکھنے کی تمنا لیے بیٹھے ہیں۔

اکڑی ہوئی گردن کو جھکی جھکی دیکھنے کی تمنا لیے بیٹھے ہیں۔

اٹھی ہوئی نظروں کو جھکی جھکی دیکھنے کی تمنا لیے بیٹھے ہیں۔

مکھیا نے للکار کر کہا۔

ان مونچھوں کا بل نہیں جائے گا۔

اس کی گردن کی اکڑ نہیں جائے گی۔

یہ نظریں کبھی نہیں جھکیں گی۔

لیکن نبیہ نے کسی سے کچھ نہ کہا۔ وہ تو بس اپنی ہی نظروں کی تلاش کرتی رہی۔

اس سمت میں جس سمت بوڑھا ویر مایوس لوٹا تھا۔

چوپال سے اُٹھ اُٹھ کر اونچی آواز میں چلتی ہوئی یہ باتیں۔ کڑاکے سردیوں میں الاؤ تک پہنچیں۔ الاؤ سے گرمی اور حدت چرا کر یہ چپکے چپکے کنویں تک پہنچیں۔ اور

صبح سویرے کنویں پر جل بھرنے والی دوشیزاؤں کے لبوں پر پھیل گئیں یہاں بھی انھیں قرار نہ آیا تو وہ گاؤں کی ساری دوشیزاؤں کی آنکھوں میں جا چھپیں۔

ایک نے دوسری کو دیکھا۔

پھر سبھوں نے ایک دوسری کو دیکھا۔ وہ بوڑھا ویرا سی نوجوان کا باپ تھا باؤلی۔ جو سفید گھوڑی پر سوار ہیں میلے میں ملا تھا۔ پھر اس کی نظریں نبیہ کی نظروں سے ملی تھیں۔ پھر ہم نے کئی بار ہرے ہرے کھیتوں میں اس کی برق رفتار سفید گھوڑی کو آسمان میں چمکتی اور کوندتی ہوئی۔ بجلی کی طرح دیکھا تھا۔ پھر وہ ایک سویرے جب کہ سورج انگڑائی لے رہا تھا۔ پنچھی اپنے پر تول رہے تھے۔ اس کے موتی کرنوں کے ڈر سے کانپ رہے تھے۔ ٹھیک اس وقت کنویں کے اتنا قریب چلا آیا تھا کہ نبیہ کی گاگر میں جلی برف کی طرح جم گیا تھا۔ نبیہ کے پیر زمین میں گڑھ کر رہ گئے تھے۔ نبیہ کی آنکھوں کی پتلیاں شیشے کی بن کر رہ گئی تھیں۔ پھر ہرے کھیتوں میں سفید گھوڑی پر سوار کوئی اس طرح لہرا کر نظروں سے اوجھل ہو گیا تھا جیسے آسمان میں بجلی تڑپ کر بجلی کھو جاتی ہو۔

کسی کنواری نے کسی دوشیزہ نے بوڑھے ویر کی واپسی کے بعد اس لہرتی ہوئی بجلی کو کھیتوں میں پھر نہیں دیکھا۔ وہ بوڑھا ویرا سی نوجوان کا باپ تھا۔

وہ بوڑھا ویرا سی نوجوان کا باپ تھا باؤلی جس کو واپس جاتا ہوا دیکھ کر نبیہ نے اس کے واپس آنے کے لیے اپنی آنکھیں اسی سمت بچھا دی تھیں۔

آخر ش بوڑھا پھر ایک بار اس گاؤں کی طرف آتا ہوا نظر آیا جو نبیہ کے حسن کے سبب مشہور تھا، جو مکھیا کے مونچھوں کے باعث جانا جاتا تھا۔ بوڑھا ویر آ رہا ہے، بوڑھا ویر آ رہا ہے۔ لہلہاتے ہوئے کھیتوں کی پگڈنڈیوں پر سے ہوتا ہوا تیز تیز نبیہ

کے گاؤں کی جانب۔

نوجوان اپنے گھروں سے نکل آئے، ناریاں اپنی چھتوں اور اپنے چھجوں پر چڑھ گئیں، بڈھے اپنی کھاٹوں پر سیدھے ہو بیٹھے۔

نینیہ سب کی نظروں سے چھپ کر، شرماکر، لجاکر اپنے گھر کے کسی کونے میں جا چھپی لیکن اپنی نظروں کی روشنیاں، اپنے خیالوں کی کچی کلیاں اس آنے والے کی راہ میں اس طرح بچھادیں کہ کسی نے ان روشنیوں کو دیکھا نہ کچی کلیوں کو۔

بوڑھا ویر گاؤں میں داخل ہوا تو مکھیا، چودھری کا کا سب کے سب اس کی سواگت کو بڑھے۔

بوڑھے ویر نے مکھیا کے ہاتھ تھام لیے اور اس سے التجا کی، میں ان آنکھوں میں آنسوؤں کے ایسے موتی لے آیا ہوں۔ ویر نے کہا۔ اور تمہارا ہاتھ تھام لیا ہے جبکہ میں زندگی بھر کسی ہاتھ جھٹکنے والے کو نہیں معاف کیا۔

آج میں اپنے گاؤں بھر کی محبتیں اپنے دل میں سجا کر تمہارے لیے لایا ہوں۔ ویر نے کہا۔ جوانوں، بچوں، بوڑھوں سب کی محبتیں، اس لئے کہ میرا بانکا اکلوتا نوجوان ویر گاؤں بھر کا چہیتا ہے اور میرے گاؤں کے لوگ اس کو کھلیان سے دور تنہا تنہا شام کے وقت برہا کے گیت گاتا ہوا نہیں دیکھ سکتے، نہیں سن سکتے۔

تاروں کی چھاؤں میں اس راستے کو تکتا ہوا نہیں دیکھ سکتے جو راستہ اس گاؤں کو آتا ہے اور جس راستے پر اس سے پہلے میں مایوس لوٹ چکا ہوں۔ میرا ویر خوش نہیں ہے تو اس کی سفید گھوڑی ہنہنانا بھول گئی ہے۔ میرا ویر اُداس ہے تو گاؤں کے سارے ڈھور ڈنگر، پنکھ پکھیرو، کھیت کھلیان سبھی اداس ہیں۔ کیا تم میرے

ساتھ چل سکتے ہو۔؟

تم میرے گاؤں کی اداسیاں اپنی آنکھوں سے دیکھ سکتے ہو۔ کیا تمہاری آنکھیں یہ دیکھ سکتی ہیں کہ گاؤں بھر دُکھی ہو تو چاندنی نہیں چھٹکتی ہے، پُروائی نہیں چلتی ہے، شبنم نہیں گرتی ہے، کلیاں نہیں مسکاتی ہیں، پھول نہیں مہکتے ہیں، کھیتیاں نہیں لہلہاتی ہیں۔ صرف ایک شام ہوتی ہے جو کاجل ہی کاجل بکھیر کر رکھ دیتی ہے۔ صرف ایک شام ہوتی ہے جو دبے پاؤں ہر دل میں در آتی ہے۔

اور اب ہماری زندگی کی یہ شام ہو چکی ہے مکھیا — !

مکھیا نے ادھر ادھر دیکھا، اپنی مونچھوں پر تاؤ دے کر مسکرایا۔

چودھری اور کالا نے اس کی مسکراہٹ کی کرنوں کو پکڑنا چاہا۔ لیکن مکھیا کی نظریں پھر خشمگیں ہو گئیں۔

" ویر اب تم واپس جا سکتے ہو"۔ مکھیا نے کہا "جو شام تمہاری زندگیوں میں در آئی ہے نبیہ اس کا سویرا ہے۔ اور سویرا اس قدر آسانی سے نہیں ہو جاتا۔

اور اس سے پہلے کہ بوڑھے ویر کے ہاتھوں کی مضبوط گرفت ڈھیلی پڑتی مکھیا نے خود ہاتھ کھینچ لئے۔

بوڑھا ویر لوٹنے لگا تو اب کی بار گاؤں بھر نے اس کو نظروں سے اوجھل ہوتا ہوا دیکھا۔

بوڑھا ویر لوٹنے لگا تو گاؤں بھر نے محسوس کیا جیسے کوئی شام ان کے دلوں میں بھی چپکے سے چلی آ رہی ہے جو نبیہ کی کالی لٹوں سے بکھر رہی ہے۔ جو نبیہ کی بھیگی گہری آنکھوں سے اُبھر رہی ہے۔

بوڑھوں نے چاہا کہ ایک آواز بن جائیں کہ نبیہ تمہاری ہی نہیں گاؤں بھر کی بیٹی ہے مکھیا سارے گاؤں کی۔

نوجوانوں نے سوچا کہ ایک للکار بن جائیں کہ نبیہ ہماری بھی تو ہے گاؤں بھر کی بہن۔

کنواریوں نے سوچا کہ ایک جادو بن جائیں، ایک جھنکار بن جائیں۔ نبیہ ہم ہیں۔۔ ہم سب نبیہ ہیں۔۔ ہم چاندنی کی چٹک ہیں۔ پروائی کا چلن ہیں، شبنم کی ٹھنڈک ہیں، کلیوں کی مسکان ہیں، پھولوں کی مہک ہیں۔ کھیتوں کی لہلہاہٹ ہیں، ہر اندھیرے کا اُجالا ہیں، ہر شام کا سویرا۔ اور یہ سویرا سارے گاؤں کا ہے، سارے دیس کا ہے۔

سبھوں نے چاہا کہہ دیں لیکن کسی نے کچھ نہ کہا۔

اور بوڑھا ویر اس راستے پر، جس راستے پر شام نگر سے چل کر وہ سویرا مانگنے آیا تھا۔

پھر دن بیتے، مہینے بیتے۔ پر یہ مہینے برس نہ بن سکے۔

اور آج تین دن ہوئے تھے، شام نگر کے نوجوان ویر نے اپنی زندگی کا اُجالا مکھیا کے گاؤں سے چرالیا تھا۔ جس کی سفید گھوڑی لہلہاتے ہوئے ہرے کھیتوں میں، آسمان میں تڑپتی ہوئی بجلی کی مانند دکھائی دیتی تھی۔

اس نے اپنے من کی نگری کا سویرا خود بڑھ کر اس طرح چھین لیا تھا کہ جیسے کوئی پو پھٹتے سمے، ابھرتے ہوئے سورج کی کومل کرنیں جھپٹ کر نوچ لے۔

تین دن سے مکھیا اپنی چہیتی اور خوب صورت بیٹی نبیہ کی تلاش میں جواہر

کے سارے گاؤں پھر چکا تھا، قریہ قریہ گھوم چکا تھا۔

تین دن سے اس نے اپنے گاؤں میں سورج کی کرنیں نہیں دیکھی تھیں۔ وہ پو پھٹنے سے پہلے اپنے گاؤں کی سرحد کو عبور کر کے نکل جاتا اور سورج غروب ہو جاتا تو مایوس و نامراد اپنے گاؤں کو واپس لوٹتا، لیکن اس کو اپنی نبیہ کا کہیں پتہ نہ چلا۔ اس نبیہ کا جس کا بدن مٹی سے نہیں دودھ میں آٹا گوندھ کر بنایا گیا ہوگا۔ اس نبیہ کا جس کے کالے لمبے بالوں میں تاریک راتوں کی ساری سیاہیاں ملائی گئی ہوں گی، اس نبیہ کا جس کی وحشی آنکھوں کو ہرنیوں کی وحشت بھی دی گئی ہوگی اور جھیلوں کی پر سکون گہرائی۔ اور وہی نبیہ آج تین دن ہوئے گاؤں بھر میں کہیں نہ تھی۔

آج بھی الاؤ دہک رہا تھا۔

گاؤں کے بوڑھے خاموش تھے۔ دہکتے الاؤ کو انھوں نے اپنی آبرو کی ضیا بنالی تھی۔ کڑیل جوان خاموش تھے، ان کی غیرت کو اس الاؤ کے شعلے چاٹ چکے تھے اور ان کے مضبوط دست و بازو جیسے الاؤ میں جلتی ہوئی لکڑیوں میں چٹخ رہے تھے اور سناٹے میں یہ چٹخ صاف سنائی دے رہی تھی۔

کنواریوں کے لب سل گئے تھے۔ ان کے نتھنوں کا دم گھٹ گیا تھا۔ پنگھٹ پر گاگریں چھلکی نہ تھیں۔ ان میں پانی منجمد ہو گیا تھا۔

اور دہکتے الاؤ کے اطراف لوگ جمع تھے۔ خاموش گردنیں جھکائے سوچ رہے تھے۔ لوگوں نے بوڑھے کاکا کی جانب بہ یک وقت دیکھا۔ کاکا نے نظروں ہی نظروں میں انھیں ابھی صبر کرنے کی تلقین کی۔

نیہ کو گئے آج تیسرا دن تھا۔

اور مکھیا آج بھی مایوس لوٹ آیا تھا۔

کل صبح سورج کی پہلی کرن کے ساتھ ہی گاؤں کے لوگ مل جل کر اپنی کھوئی آبرو کی تلاش میں چپہ چپہ چھان مارنے کی ٹھان چکے تھے۔

نوجوانوں نے ہتھیار سنبھال لئے تھے۔ بوڑھی ماؤں نے آنسوؤں کی پونجی کو گرہ لگادی تھی۔ بوڑھوں نے نصیحتوں کے دفتر تہہ کردیئے تھے اور ہاتھ اٹھاکر دعاؤں میں اثر ڈھونڈھ رہے تھے۔ عورتوں نے اپنے سر اپنے شوہروں کے مضبوط چوڑے سینوں پر سے اٹھالیے تھے اور دوشیزاؤں نے اپنے خیالوں کی کلیاں مل کر رکھ لی تھیں۔

مکھیا کی مونچھوں کا بل جاچکا تھا۔

اس کی گردن کی اکڑ ڈھیلی پڑ گئی تھی۔

اس کی نظریں جھکی جھکی تھیں۔

الاؤ کی آگ آہستہ آہستہ سرد پڑ رہی تھی کہ لوگوں نے گھوڑوں کے ٹاپوں کی آواز سنی۔

بوڑھوں کا تدبر اونگھتے اونگھتے چونک اُٹھا۔ نوجوانوں کی اُمنگیں سوتے سوتے جاگ اٹھیں۔ اور سفید گھوڑی پر سوار ایک بجیلے نوجوان نے گاؤں بھر کو جھنجھوڑ کر جیسے بیدار کردیا۔ سب اس کی جانب بڑھے۔

اور اس نے اپنی برق رفتار سفید گھوڑی کی لگام کھینچ لی۔

سبھوں نے دیکھا جیسے بجلی تڑپ کر ٹھہر گئی ہے۔ نظروں کے آگے ساکت

وجامد ہوگئی ہے۔

"میں ہوں"، سفید گھوڑی کے سوار نے پکارا "میں ہی وہ ہوں جس کی تلاش میں تم صبح کو نکلنے والے تھے۔

میں وہی ہوں جس نے تم سے اپنی زندگی کی بھیک مانگی تھی لیکن تم نے انکار کرکے میرے باپ کو وقت سے بہت پہلے بوڑھا کردیا تھا۔ اس کے دست و بازو شل کردئے تھے۔ میں ہی اس بوڑھے ویر کا اکلوتا بیٹا ہوں۔

میں وہی ہوں جس نے ایک میلے میں آنکھوں ہی آنکھوں میں نبیہ سے وچن لیا تھا کہ ہم زندگی بھر اسی طرح آنکھوں ہی آنکھوں میں رہیں گے۔

میں وہی ہوں جس کی سفید گھوڑی لہلہاتے ہوئے کھیتوں میں بجلی کی طرح تڑپتی تو نبیہ کی آنکھیں برسنے لگتیں۔

اور میں تم سے اس بوڑھے ویر کی قسم کھا کر کہتا ہوں ۔۔ وچن دینے اور برسنے والی انہی آنکھوں کی قسم کھا کر کہتا ہوں ۔۔ اس گھوڑی کی قسم کھا کر کہتا ہوں جس پر نبیہ نے سواری کی ہے۔

کہ نبیہ ایک ایسا موتی ہے جو آج تک سیپ میں بند ہے؛

کہ نبیہ ایک ایسی نظر ہے جو آج تک اٹھی نہیں ہے۔

نبیہ تمہارے گاؤں کی لاج ہے جو میرے گاؤں شام نگر میں محفوظ ہے۔

آج نبیہ مکھیا کی نہیں بوڑھے ویر کی امانت ہے۔

لیکن شام نگر کا سویرا آج بھی تمہارے بس میں ہے۔ اور میں پھر ایک بار تم سے اس سویرے کو مانگنے آیا ہوں۔"

مکھیا للکارا اور اس کی مونچھیں پھر سے تن گئیں۔
لیکن نوجوان ویرنے دھیرج سے کہا:
"میرا قصور —؟
یہی نا —
کہ میں چالیس بیلوں کے رتھ پر سوار ہو کر نبیہ کو بیاہنے نہ آسکا۔
کہ سونے کی سات تھالیوں میں چاندی کے پھول سجا کر نبیہ کو اپنانے نہ آسکا۔
یہی نا —
کہ میں لال ریشم کا ایسا تھان نہ لاسکا جس سے گاؤں بھر کی تمام دوشیزاؤں کا لباس تیار ہو سکتا۔
یہی نا —
کہ میرے پاس اتنی زمین نہیں ہے کہ صبح کا نکلا ہوا مسافر شام تک اس کی دوسری سرحد پر نہ پہنچ سکے۔
اگر یہی میرا قصور ہے تو کیا تمہارا قصور نہیں ہے۔
کہ تم نے نبیہ کی خوب صورتی کے دام لگائے۔
کیا تمہارا قصور نہیں ہے کہ
تم نے نبیہ کی محبت کو بازار کے داموں بیچنا چاہا۔
کیا یہ تمہارا قصور نہیں ہے کہ
تم نے نغمے کا مول تول کیا، خوشبو کا مول تول کیا۔ جوانی کا مول تول کیا۔

سویرے کا مول تول کیا۔

مکھیا نے پھر للکارا کہ:

"نوجوان ویر! اپنی زبان کو لگام دے"۔ اور اس نے بڑھ کر نوجوان کا گریبان پکڑ لینا چاہا لیکن مکھیا کے گاؤں کے سارے نوجوانوں نے اپنے ہتھیار پھینک دیئے۔ انھوں نے مکھیا کو پیچھے ڈھکیل دیا۔ آگے بڑھے اور بیک آواز بول اٹھے:

"نوجوان ویر — !

اب کبھی اس گاؤں میں جوانی کا مول تول نہیں ہوگا۔

کسی نغمے اور خوشبو کا مول تول نہیں ہوگا۔

کسی اجالے اور سویرے کا مول تول نہیں ہوگا۔

نبیہ بوڑھے ویر کی امانت ہے اور رہے گی اور اس کا ہاتھ تمہارے ہاتھ میں دینے کے لیے صبح ہوتے ہوتے ہم سب خود ہی شام نگر تک پہنچیں گے۔

نبیہ ہماری ہی نہیں تمہاری بھی لاج ہے۔ تمہیں شام نگر کا سویرا مبارک ہو۔

۱۹۶۷

(فلمی تصویر حیدرآباد)

پیر صاحب

چٹکی ہوئی چاندنی میں پالش کیے ہوئے پتھروں کے چبوترے پر بیٹھا وہ اپنے ہی متناسب بدن کی رعنائی سے محظوظ ہو رہا تھا۔ ایک دل رُبا تصور نے اس کے جذبات میں جنسی لذّتیت کا عنصر کچھ اس طرح شامل کر رکھا تھا کہ وہ اس چاندنی میں اپنے جسم سے چمٹے ہوئے ایک اور بدن کے گلزار کو خیالوں میں بسا کر سکون بھی پا رہا تھا' بے کل بھی ہو رہا تھا۔ اس کے بدن پر ایک چھوٹی سی نیکر تھی جو اتنی فٹ تھی کہ کسمسانے پر پھٹ سکتی تھی اور وہ بے چینی۔ اس چست نیکر میں جکڑے ہوئے جسم کے حصے کو اس بند سے آزاد کر دینے کا خواہاں تھا۔ گورے سڈول جسم پر اُگے ہوئے کالے چھوٹے چھوٹے بال' کشادہ سینے پر ایسے ہی بالوں کا جنگل اسے خود بڑا بھلا بھلا سا لگ رہا تھا—— کوئی آواز کانوں میں رس گھول رہی تھی —— "یہ سب کتنا اچھا ہے—— کتنا اچھا" —— لیکن اب یہی آواز بہت دور ہو گئی تھی اور اب تو وہ آہستہ آہستہ مایوس ہوتا جا رہا تھا—— رات تیزی سے ڈوب رہی تھی۔ —— اور گھر والوں کے سونے کے بعد اس نے رات کا بقیہ حصہ اسی طرح بے کلی اور خود فریبی کے عالم میں گزارا تھا۔

اسے تہمینہ پر پیار سے زیادہ اب تو غصہ آرہا تھا۔ سوتی ہے تو اپنی بھری جوانی تک سے بے خبر ہو جاتی ہے۔ جب وہ باہر کھڑا کھڑکی میں سے کمرے کے اندر جھانک رہا تھا تو چاند کی کرنیں بھی تہمینہ کی سوئی ہوئی جوانی پر نثار ہو رہی تھیں۔ ہلکے ہلکے تنفس سے مچلتا ہوا، انگیا میں کسا ہوا جوبن ـــــ گھنے اور کھلے بالوں کے درمیان دمکتا ہوا ملیح چہرہ اور بے ترتیبی سے فرش پر ادھر ادھر پڑے ہوئے ہاتھ پاؤں

اُف میں کیا کروں۔ رات بیت رہی ہے۔ وہ تڑپ اٹھتا ـــــ اور کھڑکی میں سے جھانک جھانک کر اسے دیکھتا ـــــ سی ـــــ سی ـــــ ٹا ـــــ چٹ ـــــ عجیب عجیب سے نامکمل الفاظ کو وہ کچھ اس ڈھنگ سے ادا کرتا کہ وہ سیدھے کان کے پردوں سے ٹکرائیں لیکن تہمینہ تھی کہ ہر بات سے بے خبر تھی ـــــ

مجھے بہت نیند آرہی ہے۔ میں سو جاؤں گی ـــــ تم مجھے اٹھا لینا۔

جگا لینا مجھے ::

جگا لینا، اٹھا لینا، جگا لینا، اٹھا لینا ـــــ اس کے ذہن میں تہمینہ کی آواز انہی الفاظ کا اعادہ کر رہی تھی۔

جب وہ کھڑکی کے بالکل مقابل ہو گیا تو چاند اس کی پشت پر چلا گیا اور اس کا سایہ تہمینہ کی سوئی جوانی پر ڈولنے لگا اور اس کو اپنے سائے پر بھی پیار آیا جو تہمینہ تک پہنچ گیا تھا اور اس کو اپنی آغوش میں لے چکا تھا ـــــ بے کلی اور بڑھ گئی ـــــ اس نے چھوٹی چھوٹی کنکریاں جمع کیں اور یکے بعد دیگرے تہمینہ پر پھینکیں جو تہمینہ کو لگیں بھی لیکن کوئی اثر نہ ہوا۔ وہ ہر بات سے بے نیاز بس سوتی رہی۔ اس کا جی چاہا تیز سا برچھا لے کر تہمینہ کی رانوں میں چبھو دے اور وہ تڑپ کر

اٹھے تو رستے ہوئے زخم پر اپنے ہونٹ رکھ دے۔

چچی نے کھانس کر کراہتے ہوئے کروٹ لی اور وہ کھڑکی سے ہٹ آیا۔ پیروں تلے بچھی ہوئی سیو کے پتھروں کا ٹھنڈا فرش بھی اسے اپنے تلووں کی گرمی سے تپتا ہوا محسوس ہوا ——— بھولا بھٹکا کوئی پرندہ اس کے اتنے قریب سے پھڑپھڑاتا نکل گیا کہ اس نے پروں کی ہوا اپنی گردن پر محسوس کی ——— پرندہ کہیں کھو گیا تو اس نے احاطے کے باہر جھاڑیوں میں پکارتے ہوئے کیڑوں کی آواز سنی جو یوں ہی مسلسل پکار رہے تھے لیکن اس کو متوجہ نہ کر سکتے تھے۔

اس نے بڑی حسرت سے چاند کو دیکھا۔

ٹھہر جاؤ ——— رک جاؤ ——— چندا۔

لیکن چاند اس کی التجاؤں سے بے نیاز ابر کی مہین سی چادر میں اپنا چہرہ چھپاتے ہوئے کہہ رہا تھا۔

"میں ڈوب جاؤں گا۔ سینے میں ڈوبتی ہوئی محبتوں کی طرح"۔

اور جب چاند کو اس کی چاندنی سمیت ایک دیو ہیکل اڑتے ہوئے بادل نے دبوچ لیا تو اپنے اطراف یکا یک پھیل جانے والے ملگجے اندھیرے سے اُسے یک گونہ سکون سا ہوا وہ پھر کھڑکی تک آکر اس کی سلاخوں پر جھک گیا۔ اپنے گالوں اور پیشانی پر اس نے برف کی قاشیں محسوس کیں ——— بدن میں رواں خون کی حدت اور تناؤ نے کھڑکی کی سلاخوں کی ٹھنڈک کو ناگواری کی حد تک محسوس کروایا۔

اب اُس کی جھلاہٹ کا عالم دیدنی تھا۔

کھڑکی نیچے پڑی ہوئی جھاڑو پر نظر پڑی تو اس نے جھنجلا کر جھاڑو اٹھا لی

اور سلاخوں کے اندر کر کے احتیاط سے اپنے داہنے ہاتھ کی گرفت میں لے لیا اور بڑی مشاقی سے کلائی کو بل دے کر تہمینہ پر کھینچ مارا۔

جھاڑو تہمینہ کے ڈولتے ہوئے سینے پر پنگ کراس کے برابر سوتی ہوئی بوخالہ کے چہرے پر اس طرح نچھاور ہوئی کہ اس کی نوک اور ریشے ان کے نتھنوں میں جا گھسے۔ بوخالہ ہڑ بڑا کر اٹھیں۔ ادھر ادھر نظریں دوڑا کر کمرے میں دیکھا۔ چچی اماں سوتے میں بھی آہیں سسکیاں لیتی ہوئی محسوس ہوئیں۔ جیسے منور میاں کو آخری بوسہ دے کر وداع کر رہی ہوں ـــــ تہمینہ پاس ہی اپنے گلنار بدن کو ایسے ایسے زاویوں میں پھینک کر سو رہی تھی کہ بوخالہ نے اس کو بغور دیکھا تو ان کے ہاتھ بھی انجانے میں انگڑائی کے لیے اٹھ گئے ـــــ اور جب یہ نیم انگڑائی جماہی پر ختم ہوئی تو انھوں نے ہاتھ بڑھا کر تہمینہ کے کرتے کا دامن اس کی شلوار پر درست کیا۔ پھر اوڑھنی سے سینے کو اس طرح ڈھک دیا جیسے اس کی ساری جوانی کی پوٹ بنا کر نیفے میں اڑس لیں گی۔ یہ سب کر کے بوخالہ نے جانے کیوں پہلے اپنی نیم عریاں بانہیں دیکھیں جو تہمینہ کی عریاں بانہوں سے گوری تھیں ـــــ لیکن اس کی بانہوں میں دوڑنے والے خون میں جانے کتنا پگھلا ہوا لوہا ملا تھا کہ بوخالہ پھر اسی کی بانہوں کو دیکھتی رہ گئیں۔ یکایک ان کی نظر اپنے سرہانے تکیے پر دھری جھاڑو پر پڑی تو انھوں نے پلکیں جھپکا جھپکا کر دیکھا۔ ـــــ پھر نظروں نے کمرے بھر کا طواف کیا اور کھڑکی پر اُٹھیں تو کوئی سایہ کھڑکی کی جانب بڑھتا بڑھتا پیچھے ہٹ گیا ـــــ بوخالہ جہاں دیدہ تھیں۔ موئے آتش دیدہ کی طرح بل کھا کر رہ گئیں اور سارا ماجرا یوں پلک جھپکتے میں سمجھ لیا جیسے کوئی چپکے سے کان میں سب کچھ کہہ گیا ہو۔

جب وہ تیز تیز قدم اٹھاتا برآمدے میں پہنچا تو بو خالہ کے خوف سے خود کو محفوظ رکھنے کے لیے اس نے کچھ گنگنانے کی کوشش کی۔ لیکن چچی امی کی نیند میں ابھرتی ہوئی سسکیوں نے جنھیں وہ ابھی ابھی سن آیا تھا اسے گنگنانے سے باز رکھا اس کو چچی امی پر ترس آنے لگا۔ لیکن جلد ہی اس کا جذبۂ ترحم بیزاری سے بدل گیا۔ اس نے چچی امی ہی کو درشن دیتے ہوئے سوچا ـــــ انھیں کو تو شوق ہے کہ منور بھائی امریکہ سے ڈگری لے آئیں اور جو اٹھا لائیں کسی بے رنگ تتلی کو تو بھی چچی امی ڈال ڈال پات پات کی ہو رہیں گی۔

اونہہ ہشاؤ بھی ـــــ آج اگر منور بھائی کی وداعی کی تقریب نہ ہوتی تو خاندان کے اتنے سارے لوگ ایک جا جمع نہ ہوتے۔ تہمینہ کی امی تو اپنے کشیدہ تعلقات کو اور طول دیتیں۔ اور میں اپنی تہمینہ سے نہ جانے اور کتنے دنوں تک نہ مل سکتا۔ اس تہمینہ سے جس نے مجھے پہلی بار بتلایا کہ عورت میں ایک بار ڈوب کر جب کوئی مرد خود کو پہچانتا ہے تو عاقبت میں ملنے والی ہزار جنتوں پر بھی اُسے ہنسی آتی ہے۔

اپنی ہی سوچوں میں گم وہ برآمدے سے ہو کر غیر ارادی طور پر صحن کی سیڑھیوں تک چلا آیا تو پالش کیے ہوئے پتھروں کے چبوترے تک پہونچتے پہونچتے وہ جیسے پھر ہوش میں آچکا تھا۔

زمین پر لیٹی ہوئی چاندنی دیکھتے دیکھتے اُس کی نظروں کے سامنے کجلا رہی تھی ـــــ آسمان پر چاند اس طرح خاموش تھا کہ بولتا ہوا لگتا تھا۔ ابر کے جھومتے ہوئے ہاتھی اس کی طرف بڑھ رہے تھے اور چاندنی جُدائی کے تصور سے سسک رہی تھی۔

رات بیت رہی تھی۔

رات تیزی سے بیت رہی ہے۔

خوشیاں سو گئی ہیں، سسکیاں سو گئی ہیں، جذبے سو گئے ہیں۔ صرف عورت جاگ رہی ہے۔ صرف مرد جاگ رہا ہے۔

عورت کہاں جاگ رہی ہے —— اسے تہمینہ پر غصہ آیا۔ کس آسانی سے کہہ دیا تھا۔ مجھے بہت نیند آرہی ہے۔ میں سو جاؤں گی۔ تم مجھے جگا لینا —— بے وفا کہیں کی۔

اس نے عزم صمیم کے ساتھ اپنے بدن کو دیکھا تو اس کو اپنا انگ انگ ٹوٹتا ہوا محسوس ہوا۔

میں دبے پاؤں کمرے ہی میں پہنچ جاؤں گا —— اسے جگاؤں گا۔ یا پھر اپنی گود میں بھر کر اٹھا لاؤں گا۔

اس نے مزید کچھ سوچنے سے اپنے ارادے کی استقامت کو متزلزل ہونے سے بچانے کے لئے لوٹ کر سیدھے کمرے کا رُخ کیا۔

وہ بھول گیا تھا کہ ابھی ابھی بوخالہ جاگ کر سوتے جاگتے، نیم خوابیدہ ماحول کا جائزہ لے رہی تھیں۔

لیکن کمرے کے قریب پہنچ کر جب اس نے چچی امی کی سسکی سنی تو اس خیال ہی سے سینے میں بھی ایک ٹیس سی اُٹھی کہ بوخالہ جاگ گئی تھیں۔

جس قدر تیزی سے وہ گیا تھا اُسی قدر پھرتی سے وہ بے مرام لوٹ آیا۔ بوخالہ کی پھر سے آنکھ لگ جانے تک اسے اپنے لئے اگر کوئی گوشۂ عافیت نظر آیا تو وہ اس کا اپنا بستر تھا —— وہ چپکا سا بیر دبا کر کئی کمروں میں سے ہوتا ہوا اس مقام پر پہنچ گیا جہاں تہمینہ کو اسے لے آنا تھا۔

اپنے اس گوشۂ عافیت کے پاس پہونچ کر اس کے پیر ایک ایک من کے ہو گئے۔ وہ سوچ بھی نہ سکتا تھا کہ اپنی تہمینہ کو ساتھ لیے بغیر وہ اس مقام پر نامراد واپس آئے گا۔

اب گرمی اور حبس کا احساس بھی اس کو کچھ زیادہ ہی ہونے لگا۔ وہ کمرے میں داخل ہونے کے خیال ہی سے اداس ہونے لگا تھا ——— وہ بستر جس پر تہمینہ کے بدن کا گلزار کھلنے والا تھا اس کو اس اجڑی ہوئی حالت میں دیکھ کر وہ کیا کریگا۔

——— تہمینہ، تہمینہ، تہمینہ ——— اب تک اس کا دل، اس کا دماغ بس ایک ہی رٹ لگائے ہوئے تھا۔ وہ کمرے میں سو رہی تھی لیکن وہ اس کو اپنے جسم سے چمٹا ہوا محسوس کر رہا تھا ——— اس کے بدن پر وہ چیونٹیاں سی جو اب تک رینگ رہی تھیں اب کہیں منتشر ہو رہی تھیں ——— جانے کیوں وہ اب کچھ اداس ہو رہا تھا۔ ——— امید کی وہ کرنیں جو چاند کی کرنوں سے زیادہ منور تھیں اب اپنی روشنی کھو رہی تھیں ——— بار بار یہ خیال آ آ کر اس کو یہ ستا رہا تھا کہ بو خالہ جانے کب تک جاگتی رہیں۔ وہ تو خرانٹے کی ناگن کی طرح تہمینہ پر کنڈلی مارے بیٹھی تھیں۔

کمرے کے کھلے ہوئے پٹ جب بغیر ہوا کے جھونکے کے بند ہونے لگے تو بے سوچے سمجھے اس کی نظر اٹھی ——— اپنے ہی ننگے سینے کے بالوں کے جنگلے میں گھومتی ہوئی اس کی انگلیاں سکڑ اور اکڑ کر جہاں کی تہاں رہ گئیں ——— اس نے اپنے بستر پر بو خالہ اور منور بھائی کو لٹ پٹ صاف دیکھا اور خود ہی دیوار کی اوٹ میں ہو کر چھپ گیا۔ لیکن بجلی کی کرنٹ کی سی سرعت کے ساتھ ایک خیال اس کے ذہن میں آیا۔

تہمینہ کو لے بھاگو —— اس کو جگالو ——— اس کو گود میں اٹھالو۔

پھر اُس نے کچھ اور سوچنے کی زحمت نہیں کی۔ جذبات کے اس سمندر میں جو اس کے سینے میں ٹھاٹھیں مار مار کر تھک گیا تھا پھر ایک دم دیکھتے باڑھ آگئی۔

منور بھائی اور بو خالہ کی نظروں سے بچنے کے لیے اس نے ہر اُس دیوار کے سایے میں خود کو چھپایا جو قریب ترین راستے سے بہ حفاظت اس کو تہمینہ کے کمرے تک لے جاسکتا تھا۔

تہمینہ کے کمرے میں پہنچ کر اس نے اپنی الٹی سیدھی سانسیں درست کیں —— چچی امی اب بھی شاید نیند میں سسک رہی تھیں کیونکہ ان کی سسکی کمرے میں کہیں سے ابھر رہی تھی صبح کو ان کا بیٹا ان سے جدا ہونے والا تھا۔ سات سمندر پار جانے والا تھا۔ وہ روتیں، بیدار ہوتیں، پھر غنودگی کے عالم میں سسکتیں —— اسے چچی امی کی اس سسکی پر کوئی ترس نہیں آیا۔ بلکہ بڑی بیزاری سی محسوس ہوئی۔ کمرے میں گھُپ اندھیرا تھا۔ بو خالہ نے شاید اپنے تحفظ کی خاطر کھڑکیاں اور روشن دان سب ہی بند کر دیے تھے کہ نہ چاند کی کرنیں کمرے میں در آئیں نہ ان کے راز کا افشا ہو ——

اس نے زیادہ دیر کرنا مناسب نہ سمجھا۔ بے ترتیبی سے ادھر اُدھر سوتی ہوئی عورتوں میں تہمینہ نہیں تھی۔ وہ سوچنے لگا میں کھڑکی سے دیکھ رہا تھا تو وہ یہاں تھی۔ اب میں دروازے سے داخل ہو گیا ہوں تو زاویہ بدل گیا ہے۔ اس کو یہاں ہونا چاہیے —— ہاں —— یہ رہی۔

اس نے سر پر ہاتھ رکھ کر تہمینہ کو جھنجھوڑا۔

چچی امی ایک دم اُٹھیں —— اور بین کرنا شروع کر دیا —— میرے پیر صاحب۔ میرے پیر صاحب —— مدد کرو میری —— دعا کرو میرے لیے کہ مجھ میں اتنی قوت آئے

کہ میں اپنے منور پیارے کی جدائی کو برداشت کر سکوں ۔پیر جی ـــــ میرے پیر جی۔

بچی امی نے اپنے جیسے ٹھان لیا تھا کہ چیخ چیخ کر رو دیں گی ۔اب تک تو وہ دل پر قابو رکھ کر آہستہ آہستہ سسکتی رہی تھیں۔سبھوں نے سمجھایا بھی تھا کہ اس طرح نہیں روتے ۔بیٹا سمندر پار تعلیم پانے ہی تو جا رہا ہے۔لوٹے گا تو پنگوڑے میں جھلائے گا ۔پچی امی کو کبھی پنگوڑے کا خیال نہیں آیا۔ وہ تو بس یہی چاہتی ہوں گی کہ منور پیارا جلد سے جلد لوٹ آئے۔جب ان کی بین کرتی ہوئی آواز کا جادو سونے والوں کی نیندوں پر چڑھ کر بولنے لگا تو سوئے ہوئے کمرے میں زندگی کسمسا کر بیدار ہونے لگی اور وہ تیزی سے نامراد لوٹ آیا، کچھ اس طرح جیسے گیا ہی اس لئے تھا کہ کمرے میں سونے والوں کی نیندیں چرا لائے۔

ایک محفوظ کونے میں چھپا ہوا وہ کان لگا کر سن رہا تھا۔کمرے کی کھڑکیاں اور روشندان کھولے جا رہے تھے ۔اس نے جھانک کر دیکھا کمرے کی لائٹ شاید جلا دی گئی تھی۔ جو اُجالا دروازے کی دراز سے سیدھے اس کے قدموں تک پہنچ رہا تھا جیسے بتلا رہا ہو کہ چور یہاں ہے ۔اس نے ذرا سا اور پیچھے ہٹ کر خود کو اوٹ میں کر لیا۔

کچھ دیر یوں ہی کھڑا وہ کمرے میں سے آتی ہوئی آوازوں کو سننے اور پہچاننے کی کوشش کرتا رہا ـــــ تہمینہ کی آواز سے اس کے کان اب بھی محروم رہے ۔ بے وفا کہیں کی ـــــ سفاک ـــــ ساری دنیا جاگ جائے گی، لیکن وہ نہیں جاگے گی ـــــ وہ تو مر گئی ہے۔ امید کی آخری کرن کو صبح کی پہلی کرن کے حوالے کرتے ہوئے اس نے ٹھنڈی سانس لی۔

بو خالہ کو ساری کی پھیریاں برابر کرتے ہوئے جب اس نے چھپاک سے اس

کمرے کی طرف بڑھتے ہوئے دیکھا جہاں چچی امی سسک رہی تھیں تو ساتھ ہی اس نے یہ بھی دیکھا کہ منور بھائی بڑے اطمینان سے پیچھے پیچھے اس طرح آ رہے ہیں جیسے چچی امی کا رونا پیٹنا سن کر کچی نیند سے ابھی ابھی بیدار ہوئے ہوں۔

اس نے پہلی بار مرغ کے بانگ دینے کی آواز سنی، حالانکہ مرغ کئی بار بانگ دے چکا تھا۔ اس نے پہلی بار چڑیوں کو چہچہاتے ہوئے سنا۔ حالانکہ وہ دیر سے چہچہا رہی تھیں ـــــ وہ تہمینہ کے بدن کے گلزار سے جوانی کو گھسیٹ کر لانے میں اب کچھ کامیاب ہو رہا تھا۔ تصور میں کھلتی اور چٹکتی ہوئی تہمینہ کے بدن کی کلیاں اب اس کی آنکھوں میں کنکریاں بن کر کھٹک رہی تھیں۔

اس نے سوچا کہ چلو قمیص بدن پر ڈال لیتے ہیں۔ چل کر دیکھ لیتے ہیں کہ اس حشر کے عالم میں بھی جوانی کس طرح سوتی ہے۔

اب تو گھر کے سارے لوگ ایک ایک کر کے جاگ رہے تھے۔

وہ اطمینان سے چلتا ہوا اپنے کمرے میں گیا۔ بستر کو ایسی ٹھوکر لگائی کہ وہ گول مول ہو کر دیوار سے جا لگا۔ قمیص بدن پر ڈال کر کمرے میں پہنچا جہاں کچھ دیر پہلے سوائے تہمینہ کے اس کو کچھ نظر نہ آتا تھا تو وہاں قریب قریب سب ہی بیدار ہو گئے تھے۔ دوسرے کمرے میں سونے والے کچھ مرد حضرات بھی نکل آئے تھے۔ ـــ بوخالہ تہمینہ کے سینے پر آنچل درست کرتی ہوئی اسے جھنجوڑ رہی تھی کہ وہ جاگ پڑے ـــــ منور بھائی بوخالہ سے اتنے بے نیاز تھے کہ اُدھر دیکھ ہی نہیں رہے تھے ـــ بچی امی سے لگے چھوٹے سے بچے کی طرح اکڑوں بیٹھے تھے اور چچی امی کے چپ کرانے والوں کو مسکرا مسکرا کر دیکھے جا رہے تھے۔ چچی امی مگر بار بار یہی کہے جا رہی تھیں۔

میرے پیر میرے خواب میں آئے تھے ـــــ منور جانی کے سر پہ ہاتھ پھیر کر وہ میری طرف بڑھے ۔میری آنکھ کھل گئی ـــــ جب میں بیدار ہوئی تو میں نے اپنے سر پر ان کے ہاتھ کا لمس صاف طور پر محسوس کیا۔

وہ ایک ایک سے کہہ رہی تھیں ـــــ "کتنی شفقت سے وہ میرا سر سہلا رہے تھے ـــــ میرے پیر ـــــ میرے پیر جی ـــــ میں نے اپنے منو کو تمہاری حفاظت میں دیا میرے پیر"

تہمینہ انگڑائی لے کر آنکھیں ملتی ہوئی اُٹھ بیٹھی تو اس نے اپنے بدن میں ٹوٹتی ہوئی سوئیوں کو اپنی آنکھوں میں اکٹھا کر کے تہمینہ کو بڑے درد سے دیکھا ـــــ لیکن اب کیا ہو سکتا تھا۔ رات جا چکی تھی۔ پو پھٹ رہی تھی۔ گھر کا گھر بیدار ہو چکا تھا۔ اس نے دل ہی دل میں کہا۔ چلئے پیر صاحب ـــــ اور خود ہی کچھ سوچ کر لرز لرز کر رہ گیا۔

▲▲

۱۹۶۷

(کتاب۔ لکھنؤ)

چوتھا دِن

وہ اس طرح منی رام کے ساتھ موٹر میں سوار ہو گیا جیسے کوئی بُت ہو جسے اُٹھا کر موٹر میں رکھ دیا گیا ہو۔ تین دن کی مسلسل ناکامی کے سبب اُس کا دل اُس مُرجھائے ہوئے پتّے کی طرح لرزاں تھا جو اب شاخ سے ٹوٹ کر گرا ہی چاہتا ہو۔

پچھلے تین دن کا تکلیف دہ تجربہ اُس جیسے معاشی بدحالی کے مارے ہوئے آدمی کو اُداس کر دینے کے لیے بہت تھا۔ اُسے یاد نہیں تھا کہ موٹر چلی، کب گیٹ سے باہر نکلی اور کب گلی سے نکل کر شاہراہ تک پہنچ گئی۔ غیر ارادی طور پر اس کی نظریں سڑک پر اِدھر اُدھر اُٹھیں تو یوں لگا جیسے آدمیوں کا موج در موج سمندر اس سمندر سے کہیں گہرا ہے۔ جسے وہ رتیلے ساحل پر کھڑا ہو کر کبھی تکا کرتا تھا۔ اس کے دل میں خیال آیا کہ وہ نظریں جو کار کی طرف اُٹھ رہی ہیں یقیناً اُسی کو کار کا مالک سمجھ رہی ہوں گی اور جو حقیقتاً مالک ہے اُسے بلا جھجک ڈرائیور سمجھا جا رہا ہو گا۔ نہ جانے کتنے لوگ میری قسمت پر رشک کر رہے ہوں گے؟ وہ سوچ رہا تھا کہ چہرے کیسی کیسی حقیقتوں کو بعض وقت چھپا دیتے ہیں۔ وہ بد صورت آدمی جس کی برابر وہ بیٹھا ہے اتنی حسین تقدیر کا مالک ہے کہ زندگی کی ہر نعمت اُسے حاصل ہے اور خود وہ اپنی

قبول صورتی کے باوجود میران و سرگرداں ہے۔

وہ اپنے خیالات میں گم ہو کر گرد و پیش سے بالکل بے خبر ہو گیا تھا۔ خدا نے نعمتوں کی تقسیم کے لیے کوئی فارمولا ہی نہیں بنایا ہے۔ یکایک بریک لگنے سے موٹر چیخ چیخ کرتی چیخ کر رُکی اور اپنے پہیوں پر ہنگورے کی طرح جھول گئی تو وہ بھی اس طرح اس دُنیا میں واپس آگیا جیسے بے محابا بھاگتے ہوئے اس کے خیالات کو زنجیر کر لیا گیا ہو۔

سامنے جو شخص کار کے مقابل سائیکل سے اتر پڑا تھا وہ اسی کے دفتر کا ساتھی تھا جو اس سے بڑے گریڈ میں تھا اور جس نے اسی سال ایل ایل۔ بی کا امتحان امتیاز کے ساتھ پاس کیا تھا۔ دفتر کی ہر تقریب میں فر فر تقریر کرنے والا یہ شخص منی رام کی لعنت دشنست سن کر اس طرح ہونٹ بیٹے ہوئے اسے تک رہا تھا جیسے دل کی بات کہنے کے لیے اپنی زبان بھی بھول گیا ہو۔ اس کے ساتھی نے اسے اس وقت دیکھا جب منی رام کی کار اپنے پہیوں پر جھول کر اس کے برابر سے نکل رہی تھی۔ منی رام کی جھڑکیاں سُن کر اس کے ساتھی کے چہرے پر وہ نقوش نہیں اُبھرے تھے جو اُس کی نظریں چار ہونے پر بجلی کی سُرعت سے اُبھر آئے ـــ آدمی کتنا مجبور ہے۔ عقل و دانش علم و آگہی، ان سب کے مُنہ پر تھوک کر دولت کیسی آسانی سے گزر جاتی ہے۔

"یہ لوگ مرنے کے لئے موٹر کے سامنے آتے ہیں"۔ منی رام اُس سے مخاطب تھا۔

"ہاں۔ لیکن مارنے والے سے بچانے والا بڑا ہوتا ہے۔ اس نے اپنے ساتھی کی بے بسی کو جو اس کی آنکھوں میں بس گئی تھی، ذہن کی کسی گہری گھائی میں پھینک دیا۔ اور ہمہ تن گوش ہو کر منی رام کی بات سُننے لگا۔ منی رام کہہ رہا تھا۔ "دیکھو جی۔ کیسا بریک لگا کر بچا لیا ہے موذی کو"۔

ہاں کیوں نہیں ۔ اس لیے کہ آپ بڑے ہیں۔ آپ کی موٹر بڑی ہے اس کی چیخ بڑی ہے۔ کوئی موٹر جب بریک لگنے سے سڑک پر چیختی ہے تو کتنے ہی لوگ راستہ چلنا بھول جاتے ہیں اور اسی آواز کی طرف دیکھنے لگتے ہیں، حالانکہ وہ سب کے سب لوگ اس وقت خود چیخ رہے ہوتے ہیں' اپنی زندگی کے خلاف' اپنی ہستی کے خلاف' اپنے وجود کے خلاف' اس تقدیر کے خلاف جو بغیر کسی بریک کے انھیں چلا رہی ہے لیکن ان کی چیخیں کوئی نہیں سنتا۔ منی رام جی میں خود آپ کے برابر بیٹھا ہوا آپ ہی کی کار میں مسلسل چار دن سے چیخ رہا ہوں۔ لیکن ہم چھوٹے لوگ جب چیختے ہیں تو آواز فضاؤں میں نہیں تیرتی، سیدھی زمین میں دھنس جاتی ہے۔

دراصل منی رام کے مخاطب ہونے پر وہ صرف "ہاں ہاں کیوں نہیں۔ بس اتنا کہہ سکا تھا۔ باقی باتیں اس کے ذہن میں ان کہی سسک رہی تھیں اور مصلحت پسندی نے اس کے چہرے پر جھوٹی مسکراہٹوں کا ایک جال سا بنا رکھا تھا جو ضرورتاً ہونٹوں کے حدود سے بڑھ کر سارے چہرے کا احاطہ کیے ہوئے تھا' اس لیے کہ بے بسی کی مسکراہٹ ہر جذبے کا بڑا خوب صورت کفن ہوتی ہے۔

وہ کوئی پیشہ ور کمیشن ایجنٹ نہیں تھا۔ اس کا ایک دوست اپنی فیٹ کار فروخت کرنا چاہتا تھا۔ قیمت بتاتے ہوئے اس نے کہہ رکھا تھا کہ اسے چار سو روپے کمیشن بھی دے گا۔ منی رام سے چونکہ اس کی محلہ داری تھی' اس لیے سرِراہے اس نے موٹر کار کا تذکرہ کر دیا تھا۔ منی رام نے چھوٹتے ہی کہا تھا" کنڈیشن اچھی ہے تو میں اس قیمت میں ضرور لے لوں گا۔ مجھے بچوں کے لیے ایک چھوٹی کار کی ضرورت بھی ہے۔ تم جانتے ہو بیوک تو میری سواری میں رہتی ہے۔ ایک ہلمین ہے۔ وہ میں نے اپنے ایک

عزیز دوست کو دے رکھی ہے کیونکہ اس کی موٹر کو حادثہ پیش آگیا تھا۔

امیدوں کے چمن زار اس کے چہرے پر کھل اُٹھے تھے۔ اُس کا دمکتا ہوا چہرہ ایک شگفتہ پھول معلوم ہوتا تھا۔ اس نے اپنی مسکراہٹ کو قہقہہ بن کر بکھرنے سے دانستہ روکا۔ لیکن اس کا دل بلّیوں اُچھل رہا تھا، اس کا جی چاہ رہا تھا کہ منی رام کو بھینچ کر کہے" منی رام! کالا رنگ ہو تو ایسا ہو جیسا تمہارا ہے۔ تم کالے کہاں ہو، تم تو کالا سونا ہو! اور یہ تمھاری عینک کا سنہرا فریم اندھیرے میں چاند بن کر دمکتا ہے۔" لیکن اسے اپنے جذبات پر بہرحال قابو پانا تھا۔ اس نے صرف اتنا کہا" تو پھر چل کر دیکھ ہی کیوں نہ لیجیے۔"

ہاں، ہاں چلو۔۔۔ ابھی چلو۔" اور منی رام نے جب فیئٹ کا ٹرائل لیا تو لوٹتے ہوئے موٹر کے مالک سے بڑے ہی اعتماد سے کہنے لگا۔" سمجھیے کہ بات پکّی ہو گئی۔ کل میں بہت معروف ہوں۔ پرسوں آؤں گا، اور ڈرائیور کو ساتھ لیتا آؤں گا، کیونکہ اپنی بیوک تو مجھے بہرحال چلانی ہے۔ میں اور کسی کو نہیں چلانے دیتا۔"

جب وہ منی رام کی بالکل ماڈرن کوٹھی کے احاطے سے باہر آیا تھا تو محلہ کے قرض خواہ اُسے ٹھنگنے اور بونے سے لگے۔ کبھی یہی بونے اسے دیوہیکل نظر آتے تھے اور اس کے دماغ پر اس قدر حاوی رہتے تھے کہ وہ ان کے راستے سے کترا کر گزر جاتا تھا۔ اُس نے سوچا کہ چلو پہلے لالہ سے مل لیتے ہیں۔ کیا یاد کرے گا کہ وہ بھی کا روپ دھار کر بھی آسکتا ہے۔ بڑے اطمینان سے وہ لالہ کی دوکان پر پہنچا۔ سوئے ہوئے فتنے کو جگاتے ہوئے اسے بڑی خوشی ہوئی۔

لالہ جی نمستے۔ پرسوں تم سے پھر ملوں گا لالہ۔ خوشی کردوں گا یلد ارے ہٹاؤ

بھی، پیسہ بھی کوئی محبت کا پیمانہ ہے۔ تم تو بس یوں بگڑ بیٹھے لالہ کہ کبھی درست ہی نہیں ہو سکتے۔ پرسوں آؤں گا اور کھٹا کھٹ گن دوں گا۔

لالہ کی باچھیں کھلی کی کھلی رہ گئیں اور وہ "کوئی مضائقہ نہیں، کوئی مضائقہ نہیں" کہتا رہ گیا۔

منی رام سے بچھڑ کر دوسرا دن اس نے بڑے اضطراب کے عالم میں گزارا۔ اس نے فوری ادائیگی کے متعلق قرضوں کی ایک فہرست بنائی۔ بچوں کو چھیڑ چھیڑ کر اُکسایا کہ وہ ترنگ میں آ کر مطالبے کریں۔

بھرپور اُمیدوں کا یہ دن زیادہ لمبا نہ تھا۔ دیکھتے ہی دیکھتے کٹ گیا۔ وعدے کے مطابق جب وہ منی رام سے ملا تو منی رام نے کچھ یوں ظاہر کیا جیسے وہ اسی کا منتظر تھا۔ کار میں اُسے ساتھ بٹھاتے ہوئے منی رام نے کہا "مجھے دو ایک کام ہیں۔ پہلے اُن سے نمٹ لوں۔ پھر بنک سے رقم ڈرا کرتے ہیں اور تمھارے ساتھ چلتے ہیں۔"

دن کے آدھے سے زیادہ حصّہ منی رام کے ساتھ اس نے بیوک کار میں گزارا۔ منی رام نے کبھی جاننے کی کوشش ہی نہیں کی کہ وہ کن سوچوں میں گم ہے وہ اطمینان سے ہر اُس مقام پر جاتا رہا جہاں اُسے جانا تھا۔ دفتر دفتر پھر کر وہ اپنا تجارتی کاروبار انجام دیتا رہا۔ منی رام جیسے یہ جانتا ہی نہیں تھا کہ کسی کو اس نے اپنے ساتھ بٹھا رکھا ہے، اس سے کچھ وعدے کیے ہیں، وقت کی اہمیت اس کے لئے بھی ہے، وہ بھی اس دنیا میں کچھ کرتا ہی ہو گا۔ وہ تو اپنی کار چلاتے ہوئے اس کے وجود اور عدم وجود سے بالکل بے نیاز سا رہتا۔ کسی دفتر میں یا تجارتی اڈے میں کار رُک جاتی تو کار سے اترتے وقت وہ اس سے مخاطب ہو کر صرف اس قدر کہتا۔

"بیٹھو بھئی۔ مزے سے بیٹھو۔ میں ابھی آیا۔" یہ کہہ کر وہ آسانی سے گھنٹہ ڈیڑھ گھنٹے کے لئے غائب ہو جاتا اور جب لوٹتا تو مسکرا کر کبھی ایک نگاہ غلط انداز اس پر ڈالتا۔ کبھی اس سے بھی اُسے محروم رکھتا اور کار اسٹارٹ ہو جاتی اور وہ منی رام کے برابر بیٹھا آدمیوں کے بہتے دریا میں اُڑتی ہوئی بیوک پر سوار خود کو بالکل تنہا محسوس کرتا۔

منی رام بہت آسانی سے اس کو دوسرے دن ٹال دیتا۔ اپنی کار اپنی نئی کوٹھی کے احاطے میں پارک کر کے منی رام اُسے یقین دلاتا کہ کل وہ دوسرے کاموں کو پیچھے ڈال کر پہلے ہی بنک سے رقم نکلوائے گا۔

"تم دیکھ رہے ہو نا۔ کس قدر مصروف رہتا ہوں۔ لیکن تمھارا کام پہلے ہی کروں گا۔"

ایک نہیں، تین دن اسی طرح بیت گئے۔ تیسرا دن تو سارے کا سارا منی رام کی نذر ہوا۔ اس کے احساسات اس دن بے طرح مجروح ہوئے۔ اس کی سمجھ ہی میں نہیں آیا کہ منی رام اس سے اس قدر جان لیوا مذاق آخر کیوں کر رہا ہے۔ وہ جانتا تھا کہ منی رام بے حد مال دار آدمی ہے۔ اگر وہ واقعی کار خریدنا چاہتا ہے تو کھڑے کھڑے خرید سکتا ہے۔ اس ٹال مٹول سے آخر اس کے کس جذبے کی تشفی ہوتی ہے؟ اس کے اپنے نزدیک اس کے اپنے پندار کا وہ کون سا پہلو ہے جو دوسروں کو امید و بیم کی حالت میں تڑپتا ہوا دیکھ کر سکون پاتا ہے۔

وہ یہ سوچ کر کار سے اترا تھا کہ اب کبھی منی رام سے اس سلسلے میں نہیں ملے گا۔ جب اس کی انا نے ٹھوکریں مار کر اس میں سوئے ہوئے انسان کو جگایا تو وہ قطعی طور پہ طے کر چکا تھا کہ اب منی رام سے اسے ہرگز نہیں ملنا ہے۔

''منی رام جی، اب آپ اس سلسلے کو ختم ہی سمجھئے —— آپ کار لیں گے نہیں اور میں اب آؤں گا نہیں —— '' اس نے جی کڑا کرکے منی رام سے کہہ ہی دیا۔

منی رام نے کھل کر قہقہہ لگایا۔''تم غلط سمجھ رہے ہو۔ مجھے کار لینی ہے۔ میں نے رقم بھی نکلوالی ہے۔ لیکن اس میں سے کچھ خرچ ہو گئی ہے۔ کل ضرور لے لیں گے۔ میں نے تو تمہارے سامنے ہی کار کی مشین تک دیکھ لی ہے۔ کار مجھے پسند ہے۔ دیکھو! یہ دیکھو۔'' اور اس نے اپنی جیب سے نوٹوں کا پلندہ نکال کر دکھایا۔ پھر کہنے لگا'' میں اگر بقیہ کا چیک دے دوں تو۔ ؟

اس نے کہا'' ضرور دے دیجیے۔ آپ کا چیک کا میں انھیں اطمینان دلاتا ہوں۔''

'' اچھا ٹھیک ہے۔ کل کسی طرح کر لیں گے۔'' سلسلۂ گفتگو جاری رکھتے ہوئے منی رام نے کہا۔'' آؤ بھائی اب کھانا میرے ہی ساتھ کھالو —— '' لیکن اس نے کسی ضروری کام کا بہانہ کرکے منی رام کو ٹال دیا۔

گھر پہنچا تو پتہ چلا کہ دو تین بار آیا تھا۔ وہ دو دوست بھی آئے تھے جن کی کار منی رام خریدنے والا تھا۔

آج چوتھے دن وہ اس طرح منی رام کے ساتھ موٹر میں سوار ہو گیا تھا جیسے کوئی بت ہو جسے اُٹھا کر موٹر میں رکھ دیا گیا ہو۔

ابھی ابھی جب منی رام کی موٹر فرّاٹے بھرنے لگی تو اس نے پلٹ کر پچھلے شیشے میں سے اپنے دفتر کے اُس ساتھی کو دیکھنے کی کوشش کی جو منی رام کی موٹر کے سامنے آتے آتے بچ گیا تھا اور جس سے نظریں چار ہونے پر بھی وہ ایک دوسرے کو فراموش نہ کر سکے تھے۔ لیکن وہ اسے نظر نہ آیا۔

منی رام کی بیوک بھاگتی دوڑتی سڑکوں کو ناپتی رہی۔ وہ اپنے خیالات میں کھویا اِدھر اُدھر بھٹکتا رہا، جیسے وہ منی رام کی کار میں بیٹھے ہوئے بھی اس کے ساتھ نہیں تھا —— وہ اس وقت چونکا جب کار ایک بہت بڑی زیر تعمیر بلڈنگ کے پاس رُکی۔ منی رام اترا اور بغیر کچھ کہے اندر چلا گیا۔ پھر ایک گھنٹہ گزرا'' ''دو گھنٹے گزرے۔ لیکن منی رام نہیں آیا۔ وہ انتظار کرکے تھک گیا۔ اس کے صبر کا پیمانہ چھلک چھلک کر رہ گیا۔ —— وہ اونگھنے لگا۔ بیدار ہوا تو اسے محسوس ہوا کہ دُنیا بھر کی ساری ویرانیاں اس کے سینے میں سمٹ آئی ہیں۔ لیکن انہیں ویرانوں میں کچھ شگوفے سے کھل اُٹھے۔ جب اس نے منی رام کو اپنی طرف آتا ہوا دیکھا وہ اکیلا نہیں تھا۔ اس کے ساتھ دو آدمی اور تھے اور جب وہ قریب آئے تو منی رام نے کار کا پچھلا دروازہ خود بخود کھول دیا اور وہ دونوں نو وارد اس میں سوار ہو گئے۔ وہ خاموشی سے بیٹھا ہوا ایک ایک کا مُنہ تکتا رہا۔ اس کا خیال تھا کہ منی رام اپنی اس دیر حاضری پر اس سے معذرت چاہے گا لیکن منی رام نے کچھ بھی نہ کہا۔ صرف مسکرا کر اس کی طرف غور سے دیکھا۔ اور اس کے چہرے کے کرب کو اپنی مسکراہٹ کے کچوکے دیئے۔

کار چل پڑی۔ دونوں نو وارد بھی اس کی طرح خاموش بیٹھے بے دلی سے باہر دیکھتے رہے۔ پندرہ بیس منٹ بعد لمبی لمبی سڑکیں ناپ کر کار ایک بنگلے کے احاطے میں داخل ہوئی۔ منی رام کار رکتے ہی اُتر پڑا اور ایک ہی وقت میں ان سب سے مخاطب ہو کر ''ابھی آیا'' کہتا ہوا بنگلے میں داخل ہو گیا۔ ایک السیشن کتے نے دُم ہلا کر اس کا سواگت کیا۔

دونوں نو واردوں کی سرگوشیوں سے وہ صرف اتنا سمجھ سکا کہ وہ بھی اس کی

طرح منی رام کے ستائے ہوئے ہیں۔ پھر مکمل سکوت چاروں طرف چھا گیا۔

جب منی رام آیا تو نوواردوں میں سے ایک شخص بے دلی سے پڑا اونگھ رہا تھا۔ اور دوسرا شخص سگریٹ کے کش لگاتا ہوا زیادہ بے قرار اور اُداس محسوس ہوتا تھا۔

کار پھر چل پڑی اور اب کی کچھ گلیوں سے ہو کر ایک کھلے میدان میں پہنچی اور رُک گئی۔ منی رام دونوں نوواردوں سے مخاطب ہو کر کہنے لگا "مجھے کم از کم ایک گھنٹہ تو یہاں لگے گا ہی ـــــ اور پھر ان کے ساتھ ہی مجھے ایک کام سے جانا ہے۔ منی رام نے اس طرف اشارہ کرتے ہوئے کہا، تم دونوں مجھ سے کل کیوں نہیں مل لیتے۔ کل ٹھیک گیارہ بجے گھر پر میں تم لوگوں کا منتظر رہوں گا۔ مل کر ہی بینک چلیں گے۔"

روتی صورت بنا کر دونوں وارد بھی منی رام کے ساتھ اُتر گئے اور منی رام بجائے ایک گھنٹے کے دو چار منٹ بعد ہی لوٹ آیا تو اُسے تعجب نہیں ہوا، لیکن وہ کچھ اور دُکھی ہو گیا۔ جب اُسے محسوس ہوا کہ منی رام نے بڑے سلیقے سے نوواردوں کو چلتا کر دیا۔ اس کے بعد کسی نے ایک دوسرے کو پلٹ کر نہیں دیکھا۔

موٹر کا پٹ کھول کر منی رام نے بھرپور مسکراہٹ اس پر پھینکی۔ اس کو کچھ اُمید بندھی، منی رام کی خوشنودی کے لیے وہ بھی دانت نکال کر اس طرح مُنہ چڑانے لگا جیسے ہنس رہا ہو۔

"بہت بھوک لگی ہے۔ دیکھو نا، ہم کتنے لیٹ ہو گئے ہیں۔ میں کبھی کسی ہوٹل میں کھانا نہیں کھاتا۔ گھر میں بھی صرف اپنی بیٹی کے ہاتھ کا بنا ہوا کھاتا ہوں چلو پہلے کھانا کھا لیتے ہیں۔ تم بھی میرے ساتھ کھا لو ـــــ پھر تمہارے ساتھ چلوں گا۔"

کار سڑکوں پر اُڑنے لگی تو اس کا جی چاہا کہ چلتی کار سے کود پڑے۔ اب وہ

بالکل مایوس ہو چکا تھا۔ اسے یقین تھا کہ گھر پہنچ کر منی رام اُسے جھانسہ دے جائے گا۔

لیکن گھر پہنچ کر منی رام نے بڑے اطمینان سے کہا کہ "چلو بھئی کوئی اور کام نہیں ہے بس ذرا بھوجن کر لیں تو مل کر چلیں۔" منی رام نے بھی کھانے کے لیے مجبور کیا، لیکن وہ جوں توں کر کے اسے ٹال گیا۔ وہ نہیں چاہتا تھا کہ کھانا کھا کر اس اخلاقی پابندی کو جو اس نے اپنے چار دن ضائع کر کے منی رام پر عائد کر رکھی تھی، کم ہو جانے کا موقع دے۔ منی رام اس وقت کی معمولی سی کسی بھی کمزوری کا فائدہ اُٹھا سکتا تھا۔ بھوک سے وہ بے حال ہو رہا تھا، لیکن بد ہضمی کی شکایت کر کے وہ موٹر ہی میں بیٹھا رہا۔

منی رام کھانا کھانے کے بعد چلا گیا اور دیر تک واپس نہیں آیا۔ اسے ملازم سے معلوم ہوا کہ وہ کھا پی کر آرام کر رہا ہے۔ بے بسی کے عالم میں وہ خود کو ملامت کرنے کے سوا منی رام سے کیا انتقام لے سکتا تھا؟ وہ موٹر سے اتر پڑا اور بغیر کچھ کہے سُنے چل دینے کی ٹھان لی۔ اتنے میں منی رام سیڑھیاں اترتا ہوا نظر آیا۔

"کہاں چلے —؟ بیٹھ جاؤ بھئی۔" اور منی رام نے خود بڑھ کر کار کا پٹ کھول دیا۔ وہ ایک سحر زدہ آدمی کی طرح بے جان سے موٹر میں سوار ہو گیا۔

منی رام نے کار اسٹارٹ کرتے ہوئے اسے سگریٹ پیش کیا۔ کچھ پس و پیش کے بعد اس نے سگریٹ لے لیا۔ "چرچ مین ہے۔ میں بطورِ خاص منگواتا ہوں۔ میرا برانڈ یہی ہے۔ فارن سگریٹ مل بھی جائیں تو سگریٹ نہیں ملتا۔"

کار چلنے لگی اسی راستے پر جس راستے پر اس کے دوست کا مکان تھا۔ جہاں سے فیئٹ کار لینی تھی۔ اسے سکون سا ہوا اور اس نے سگریٹ کا لمبا کش لے کر چرچ مین سے جی بہلانے کی کوشش کی۔

لیکن کار نے اپنا رُخ بدل لیا اور کچھ ہی دیر کے بعد شہر سے فاصلے پر ایک پہاڑی کے دامن میں ایک زیر تعمیر عمارت کے پاس کھڑا اطراف کے پر فضا ماحول سے بے نیاز سا کسی اور ہی دنیا میں پہنچ گیا تھا۔ جہاں آبادی رو پڑنے یا اپنے خنجر مار لینے کی درمیانی کیفیت میں کہیں ٹھٹکتا ہے۔

منی رام کام کرنے والی مزدور عورتوں سے چھیڑ چھاڑ کر رہا تھا۔ ان کے مردوں سے اور ان سے یکساں لحش مذاق کر رہا تھا۔ کبھی کبھی کچھ ڈانٹ ڈپٹ کر لیتا اور جب کام کی نگرانی کرنے والے ماتحت کا مُنہ اتر جاتا تو وہ مزدورنیوں سے پھر چھیڑ چھیڑ شروع کر دیتا۔

وہ واپس آکر چپکا سا کار میں بیٹھا رہا۔ اس کے اطراف پھیلے ہوئے مناظر بھی اسے اداسیوں کا کفن اوڑھے مبہوت نظر آئے۔

منی رام واپس آیا اور کار چلنے لگی۔ تو وہ پھر سنبھل کر بیٹھ گیا۔ کار نے دیکھتے دیکھتے کئی لمبی سڑکیں طے کر لیں اور جب اس سڑک پر پہنچ گئی جو فیکٹری کے مالک کے گھر کو جاتی تو اس نے ایک لمبا سا سانس لے کر کسی موہوم سی امید کے تار تار دامن کو تھام لینا چاہا۔۔۔ لیکن کار چلتے چلتے یکایک پیلیس پارک کے بڑے گیٹ میں مڑ گئی اور کچھ دور چل کر رک گئی۔

اس پر بجلی سی گری۔ وہ کچھ کہنے والا ہی تھا کہ منی رام کہنے لگا۔" میں روزانہ یہاں لان پر گھنٹہ بھر ٹہل لیتا ہوں، ٹہلتا کیا ہوں قریب قریب بھاگتا ہوں تم دیکھو۔" اور وہ جھٹ اتر پڑا اور تیز تیز قدم اٹھاتا ہوا، نشیب میں دور تک پھیلے ہوئے لان پر قریب قریب بھاگنے لگا۔

نیم جان حالت میں وہ کار کی سیٹ پر اس طرح پڑا تھا جیسے دم توڑ رہا ہو۔ اس کی کنپٹیاں بج رہی تھیں۔ کانوں میں سائیں سائیں کی آوازیں اس کی طرح آ رہی تھیں جیسے جھکڑ چل رہے ہوں۔ اس نے اپنا سر دونوں ہاتھوں میں تھام کر خود کو سنبھالا۔ پارک میں ٹہلتے ہوئے لوگوں نے اس کی قابل رحم حالت کو مشکوک نظروں سے دیکھا۔ کچھ ٹھٹکے اور آگے بڑھ

گئے۔ خود کو لوگوں کی نگاہوں سے بچانے کے لیے وہ سٹ پر دراز ہوگیا۔ گھنٹہ بھر تک وہ اسی طرح پڑا رہا۔ بالکل بے حس سا، سوچے سمجھے بغیر یک سر عاری۔

منی رام نے جب واپس آکر کار اسٹارٹ کی تو وہ چونکا۔

"مجھے دیکھو اتنی مصروف زندگی گزارنے کے باوجود بھی کتنا چاق و چوبند ہوں۔ تم تو بہت تھک گئے ہو۔

"نہیں نہیں۔ میں بالکل نہیں تھکا ہوں"۔ اس نے سوچا کہیں منی رام اس کی تھکن ہی کو بہانہ نہ بنالے۔ اور آج کا دن پھر بے کار جائے۔ لیکن منی رام کو کسی بہانہ جوئی کی کبھی جیسے ضرورت تو ہی نہیں تھی۔ وہ اطمینان سے کار چلاتا ہوا اپنے گھر کی طرف لوٹ رہا تھا۔

جب کار منی رام کی ماڈرن کوٹھی کے احاطے میں داخل ہوئی تو منی رام نے اسے بتایا کہ وہ کل بہت ضروری کام سے بمبئی جارہا ہے۔ پلین سے جائے گا اور دوسرے دن لوٹ آئے گا۔ بمبئی جانے سے پہلے ہی کار لے لوں گا۔ تم کل سویرے آجاؤ دیر تک تو نہیں سوتے ہو۔ ذرا جلدی آجانا"۔

اور وہ تیزی سے سیڑھیاں چڑھ کر اپنی کوٹھی میں داخل ہوگیا۔

وہ سر جھکائے کوٹھی سے باہر نکلا تو سڑک پر پہنچتے پہنچتے ایک کار سے ٹکراتے ٹکراتے بچا۔

"کیا مرنا چاہتے ہو"۔ ایک شخص نے کار سے سر باہر نکال کر اُسے بغور دیکھا۔ "ابھی ابھی خریدی ہے اور تم نے سارا مزا ذرا سی ذرا میں کرکرا کردیا تھا۔ کار آگے بڑھ گئی تو اس نے پلکیں جھپکا کر دیکھا۔ یہ تو وہی کار تھی جسے وہ بکوانے چلا تھا۔

اور وہ آدمی۔۔۔ وہی جو کار چلا رہا تھا۔۔۔ وہ۔۔۔ وہ۔۔۔ منی رام کا ڈرائیور تھا۔

٨٨

آواز کا انتظار

جب وہ لڑکی راستے کے نکڑ پر اسے ملی تو وہ مبہوت بنا ہو گیا۔ اپنی سہیلیوں سے ہنس ہنس کر باتیں کرنے میں وہ مگن تھی۔ اس نے جمیل کی طرف آنکھ اٹھا کر بھی نہیں دیکھا لیکن جمیل اس کو دیکھتا رہا۔ یہاں تک کہ وہ نظروں سے اوجھل ہو گئی۔ کتنی من موہنی کہانیاں، کتنے دل گداز افسانے، راستے کے موڑ پر یوں بکھر بکھر گئے کہ لڑکی جا چکی تو جمیل پکی سڑک پر پاگلوں کی طرح نقشِ قدم ڈھونڈتا رہ گیا —— شہر کی سڑک، گاؤں کی سڑک سے کس قدر مختلف ہوتی ہے۔ جمیل نے سوچا۔ نقشِ کفِ پا ہیں، نہ پھٹے ہوئے آبلوں کا لہو —— بس ایک منجمد بے رحمی ہے جو سڑک بن گئی ہے۔ اور وہ ایسی ہی سڑکوں پر متواتر بیس سال سے ایک چہرے کی تلاش میں پھرتا رہا ہے۔

مجھے آواز دو —— مجھے آواز دو —— کسی نے بیس سال کی طویل مدت کے بے حساب لمحوں کا بوجھ اس کے سینے پر سے آن واحد میں سرکا کر جیسے چپکے سے کان میں کہا —— مجھے آواز دو —— مجھے آواز کیوں نہیں دیتے۔

لیکن وہ زرینہ کیسے ہو سکتی ہے؟

میں ان لمحوں کو کیسے آواز دے سکتا ہوں جو دنوں، مہینوں اور پھر برسوں

کے نیچے دب کر نیم جان ہو گئے تھے ـــــ وہ لمحے تو کبھی کے مرجاتے۔ اگر میں خون دل پلا پلا کے انھیں زندہ نہ رکھتا ـــــ جمیل سوچ میں گم صم سڑک پر نظریں جمائے اس طرح کھڑا تھا جیسے عمر گذشتہ کے نشان ڈھونڈ رہا ہو۔

پھر وہ کون تھی؟ میں نے اُسے پکارا کیوں نہیں ـــــ میں نے اسے آواز کیوں نہیں دی۔ مسلسل بجتا ہوا موٹر کا ہارن، بریک لگنے سے جب ایک کرخت چیخ میں بدل گیا۔ ـــــ تو وہ چونکا

"کیا مر گئے؟" ڈرائیور نے پوچھا ـــــ ڈرائیور کی طرف نظر اٹھاتے ہوئے جمیل زیر لب بڑبڑایا ـــــ "نہیں اب تو زندہ رہنا ہی پڑے گا!"

"پھر ہٹتے کیوں نہیں ـــــ" شوفر نے اس کی بات سن لی اور کار بڑھاتے ہوئے غصے سے کہا۔

اور جب جمیل نے بھرپور نگاہ کار پر ڈالی تو وہی لڑکی پچھلی سیٹ پر کھوئی کھوئی سی بیٹھی تھی ـــــ زرینہ ـــــ جمیل کی زبان سے نکلا ہوا یہ لفظ ـــــ اُس کے ہونٹوں پر کانپا اور اُسی کے کانوں میں رس گھول کر کسی نغمے کے آخری بول کی طرح فضا میں ڈوب گیا۔

جمیل نے اپنے جذبات پر قابو پانے کی کوشش کی اور جب وہ خود کو کچھ سنبھال سکا تو آہستہ آہستہ قدم اُٹھا کر وہ اپنے آپ کو جیسے سڑک پر گھسیٹنے لگا۔

یادوں کا ایک اتھاہ سمندر اُس کے سامنے تھا ـــــ ایک ایک پل ایک ایک لمحہ چھوٹی چھوٹی کنکریوں کی طرح اس وسیع سمندر میں گر کر چھوٹے چھوٹے حلقے بنا رہا تھا اور حلقے بن بن کر سمندر میں گم ہو رہے تھے۔

ضلع کے کالج میں اس کا اور زرینہ کا آخری سال تھا۔ اس کا بچپن ابھی

ضلع میں گزرا تھا۔ اسی ضلع میں اُس کی مسیں بھیگیں اور اسی ضلع میں اس کی جوانی نے پہلی انگڑائی لی تھی ـــــ گاؤں کی ہواؤں کی تازگی اُس کے مزاج کی معصومیت بن گئی تھی۔ اس کے باپ کی اس ضلع کے بڑے بازار میں اچھی خاصی جنرل اسٹورس کی دوکان تھا. تجارت میں ایمان داری کو اس کا باپ پہلی شرط مانتا تھا۔ یہی وجہ تھی کہ ان کا کاروبار بہت چمک گیا تھا۔ جمیل اپنے باپ کا اکلوتا بیٹا تھا ـــــ شکیل اور طرح دار۔ ماں باپ کی ناز برداریوں کے باوجود وہ مزاجاً بہت ذمے دار، کم گو لیکن خلیق اور ملنسار تھا۔ ویسے کالج میں اس کے دوست کم ہی تھے لیکن کلاس کے سب ہی لڑکوں میں پسند کیا جاتا تھا۔ کالج کی میگزین میں اس کے مضامین اور نظموں کو نمایاں طور پر شائع کیا جاتا تھا۔ اور انٹرمیڈیٹ کے آخری سال وہی کالج میگزین کا اڈیٹر چنا گیا تھا۔

زرینہ ضلع کے ایک بڑے عہدے دار کی لڑکی تھی۔ چونکہ اس کے ابّا کا تبادلہ حال ہی میں اس ضلع میں ہوا تھا اس لیے کالج میں اُس نے اسی سال داخلہ لیا تھا۔ گھنی پلکوں اور لمبے لمبے بالوں والی یہ خوب صورت سی لڑکی کالج میں داخلہ لیتے ہی مرکزِ نگاہ اور موضوعِ سخن بن گئی تھی۔ لڑکے تو رہے ایک طرف وہ لڑکیوں سے بھی میل ملاپ کم ہی رکھتی۔ اِنی گنتی کی دو ایک سہیلیاں تھیں جن سے وہ خفیف سی مسکراہٹ کے ساتھ کبھی کبھی بات چیت کرتی نظر آتی ـــ ورنہ وہ بہت کم مسکراتی تھی۔ اور جو وہ کبھی مسکراتی تو یوں لگتا جیسے اُس کے اپنے ہونٹ اُس کی اپنی مسکراہٹ کو جھٹلا رہے ہوں۔ اس کی اسی رعونت اور تکبّر سے ایک عام پسندیدگی کا دبا دبا احساس اس کے ساتھیوں میں آہستہ آہستہ جنم لے رہا تھا۔ لیکن ساتھیوں کے اِس ردِّ عمل کی اس کو قطعی کوئی پروا نہیں تھی۔ یوں لگتا تھا جیسے وہ اپنی ہی دُنیا میں مگن کہیں اور بھی

رہتی ہے۔ کسی ایسی جگہ جو اس دُنیا سے الگ تھلگ اس کے ذہن و دل میں کہیں آباد ہے

کالج ڈے کی تقریب قریب آرہی تھی۔

کالج ڈے کی گہما گہمی بڑھی تو سب ہی مصروف ہوگئے۔ جمیل کی مصروفیتیں سب سے سوا تھیں۔ کالج ڈے کے بعد گرمیوں کی چھٹیوں سے قبل ہی کالج میگزین کا خاص شمارہ مرتب کرنا تھا جس کے لیے جمیل نئی نئی تجویزیں سوچ رہا تھا اور انھیں بروئے کار لانے میں کوشاں تھا۔

انھیں دنوں ایک عجیب بات یہ ہوئی کہ بعض لڑکوں اور لڑکیوں نے جمیل کو زرینہ سے بات کرتے ہوئے دیکھا —— زرینہ اس کی بات چیت میں دل چسپی بھی لے رہی تھی۔ اور جب وہ جانے لگی تو جمیل نے کہا:

"دیکھیے آپ نے وعدہ کرلیا ہے۔ بھولیے گا نہیں"۔

زرینہ نے خفیف سی مسکراہٹ کے ساتھ گردن ہلانے پر اکتفا کیا۔

جمیل کو یار دوستوں نے چھیڑنا شروع کیا۔

مبارک بادیاں دی گئیں۔ کچھ منچلوں نے مُنھ میٹھا کرنے کی تجویز رکھی۔

جمیل نے بہت نرمی اور چاؤ سے سب کو سمجھایا کہ اس قسم کی کوئی بات زرینہ کے کانوں تک پہنچ جائے تو بے حد بُرا مانے گی اور وہ بات جس پر اُس نے اُسے راضی کرلیا ہے یک لخت وہ اس سے انکار کردے گی۔

دوستوں نے چھیڑا کہ پہلے یہ بتاؤ کہ وہ بات کیا ہے۔

جمیل نے پُروقار لہجے میں کہا —— دیکھو بھئی —— جب تم لوگوں نے مجھے کالج میگزین کا مدیر بنا لیا ہے تو مجھ سے ایسی لڑکیاں بھی فرورشا ملیں گی جن کے نکبرے کے

کالج میں چرچے ہیں۔ اور پھر زرینہ میں مجھے کوئی رعونت نظر نہیں آئی ـــــ وہ بہت کم سخن ہے۔ تمھیں یہ سُن کر خوشی ہوگی کہ وہ ایک اچھی شاعرہ بھی ہے ـــــ اس نے میگزین کے خاص نمبر کے لیے اپنی ایک نظم مجھے دی تھی۔ میں نے اس ملاقات سے فائدہ اٹھا کر اُس سے وعدہ لے لیا ہے کہ وہ کالج ڈے میں اپنی نظم خود سُنائے گی اور وہ بھی تحت اللفظ نہیں ترنم میں ـــــ اور ایک بات اور بتادوں کہ نظم واقعی بہت خوب صورت ہے۔

"اچھاجی" ـــــ کسی بے تکلف دوست نے کہا۔

"سچ بتادے یار ـــــ کیا نظم زرینہ سے زیادہ خوب صورت لگتی ہے تجھے"۔

جمیل ہنس پڑا ـــــ لیکن خود کو سنجیدہ کرنے کی کوشش کرتے ہوئے اس نے کہا: "یار یہ مسخرگی چھوڑو تم لوگ ورنہ" ـــــ "ورنہ وہ غزالِ رعنا قلانچیں بھرتی ہاتھ سے نکل جائے گی" ـــــ کسی نے جملہ پورا کردیا ـــــ اور سب ہنس پڑے۔

کالج ڈے کی دن بھر کی مصروفیتیں ختم ہوئیں تو رات کو ڈرامہ شروع ہونے سے قبل کالج کے منتخب شاعروں نے اپنا کلام پیش کیا ـــــ جب زرینہ کی باری آئی تو کسی نے کھُلے دل سے اس کو خوش آمدید نہیں کہا ـــــ لیکن جب اس نے اپنی بے حد سُریلی آواز میں نظم شروع کی تو ایک سناٹا سا سارے ہال میں چھا گیا اور زرینہ کی آواز کے جادو اور نظم کے دردانگیز تاثر نے مل کر دلوں کو موم بنانے کی سی کیفیت پیدا کردی۔

نظم کا مفہوم کچھ اس طرح تھا کہ:

"کیا میں اُن ہاتھوں کو چھو سکوں گی۔

اُن ہاتھوں کو جنھوں نے بھرے کلاس میں میری کتاب اُڑالی۔
اُن ہاتھوں کو جنھوں نے اس کتاب میں میرے نام لکھی ہوئی یہ خوب صورت تحریر چھپادی
کہ
اگر مجھ سے کہا جائے کہ تمھاری بصارت چھین لی جائے گی۔
اگر مجھ سے کہا جائے کہ تم پر جہنم کا عذاب نازل کیا جائے گا
اگر مجھ سے کہا جائے کہ تجھے خط لکھنے والی میری پانچوں انگلیوں کی پوروں میں میں ناخنوں کے نیچے سوئیاں چبھو دی جائیں گی۔
تو بھی میں تجھے لکھوں گا۔
اس لیے کہ میں تو اندھا ہو ہی چکا ہوں۔ کیونکہ میری آنکھیں تیرے سوا کچھ دیکھتی ہی نہیں ہیں۔
اس لیے کہ جہنم کا عذاب میری ان سانسوں کے عذاب سے زیادہ نہیں ہے جو میں تیرے بغیر لے رہا ہوں۔
اس لیے کہ میری انگلیاں اگر میرے ہاتھ سے جُدا کردی جائیں تو وہ بھی لہو کے آخری قطرے سے تیرا نام لکھیں گی۔
لیکن یہ تحریر میری کتاب میں چھوڑ کر
وہ ہاتھ پھر کچھ لکھنا ہی بھول گئے ہیں۔
ان آنکھوں نے دیکھنا ہی بُھلادیا ہے۔
اس وجود نے سانس لینا ہی ترک کردیا ہے۔

—— لوگ کہتے ہیں اُس نے میری ہی کھڑکی سے چھلانگ لگا کر جان دے دی ہے۔

اس کھڑکی سے جس سے میرا محبوب دُنیا کی ہر نگاہ سے چھپ کر مجھ سے ملنے آیا کرتا تھا۔

لیکن ایک رات اُس دیوانے نے میرے محبوب کو دیکھ لیا۔

اور پھر اُس کی آنکھوں نے اس کے بعد دُنیا میں کچھ نہیں دیکھا۔

اس کی انگلیوں نے زمین پر آخری بار میرا نام لکھا۔

اور اس نے اس دُنیا میں آخری سانس لی۔

لیکن آج جب میرا محبوب اس کھڑکی سے داخل ہوتا ہے تو مجھے اُلجھن سی ہوتی ہے۔

میں اُس کی باہوں میں خود کو تڑپتا ہوا محسوس کرتی ہوں لیکن اس ذہنی اذیت کا اظہار اس پر نہیں کرتی۔

کبھی کبھی تو میرا جی چاہتا ہے کہ اپنے محبوب سے چیخ کر کہوں کہ میرے قریب نہ آؤ۔

کہیں وہ نہ دیکھ لے۔

وہی دیوانہ۔

وہی جو مجھے دیکھنے کے بعد پھر دیکھتا ہی نہیں۔

لیکن کیا میں اپنے محبوب سے سب کچھ کہہ سکوں گی جو میں سوچتی ہوں۔

کیا میں مجرم ہوں ؟

نہیں ـــــ
اگر ہوں تو بتاؤ میرا جرم کیا ہے ؟
کیا یہی میرا جرم تو نہیں
کہ میں نے
ان ہاتھوں کی تمنا کی ہے۔
انھیں ہاتھوں کی جنھوں نے بھرے کلاس میں میری کتاب اُڑا لی تھی''۔

زرینہ نے نظم ختم کی تب بھی ہال میں اس کی آواز یوں تیر رہی تھی جیسے ہر سُننے والے کے جذبات کی زبان بن کر اُس کے کانوں میں گونج رہی ہو ـــــ سارا ہال بہوت تھا۔ جب زرینہ لوٹنے لگی تو سب ہی جیسے خواب سے چونک پڑے اور تالیاں بے محابہ بجنے لگیں۔ لڑکوں نے آوازیں بھی دیں کہ کچھ اور سناؤ ـــــ لیکن زرینہ خاموشی سے اسٹیج سے اُتر آئی۔

ڈرامہ شروع ہونے سے قبل لڑکوں نے دیکھا کہ زرینہ اور جمیل کینٹین کے ایک گوشے میں کھڑے چائے پی رہے ہیں اور ایک دوسرے کی نظموں پر بڑی بے تکلفی سے اظہار خیال بھی ہو رہا ہے۔

جمیل کے بعض ساتھی چکر کاٹ کر دوسرے گوشے سے ان کے قریب پہنچے تو جمیل کے ایک سوال پر زرینہ کہہ رہی تھی۔

'' ہاں تمھاری وہی تحریر جواب بھی میری کتاب کے سینے میں جوں کی توں محفوظ ہے اس نظم کی تخلیق کا محرک بنی ہے''۔

'' چلو میرے لیے یہی کیا کم ہے کہ میری ایک معمولی سی تحریر نے تم سے اتنی

خوب صورت سی نظم کہلوا لی ہے"۔

لفظ 'تم' سے ایک دوسرے سے مخاطبت پر جمیل کے ساتھیوں نے سرگوشی کی۔ بعضوں نے کہنیاں مار کر ایک دوسرے کو چھیڑا اور بڑے ستونوں کی اوٹ میں اپنے کو چھپاتے ہوئے اشاروں کنایوں میں اظہار کیا کہ یاران کی بے تکلفی یہاں تک بڑھ چکی ہے کہ ایک دوسرے کے 'تم' ہو گئے ہیں۔

اور ــــ وہ تحریر جو نظم کی تخلیق کا محرک ہے!!!

شُو۔ شُو۔ اشارے ہوئے اور سب ہمہ تن گوش ہو گئے۔

"تو میرا مقدر وہی ہے جس کا تم نے اپنی نظم میں فیصلہ دے دیا ہے"۔

"یوں جذباتی نہ بنو ــــ" زرینہ نے کہا ــــ "میری نظم صرف ایک امیج (IMAGE) ہو سکتی ہے۔

"اور وہ محبوب"؟

"وہ میرا آئیڈیل ہو سکتا ہے"۔

"لیکن بعد میں وہی دیوانہ تمہارے اس آئیڈیل سے تمہیں ذہنی طور پر چھین لینے میں کامیاب ہو جاتا ہے ــــ سچ کہتا ہوں زرینہ مجھے وہ بات منظور ہے جو تمہیں میرے لیے اتنا مضطرب کر سکے"۔

"تم شدید طور پر جذباتی ہو رہے ہو"۔

"ٹھیک کہتی ہو ــــ دیکھو"۔

جمیل نے ہاتھ بڑھایا۔

زرینہ نے اس کا ہاتھ اپنے ہاتھ میں تھام کر چھوڑ دیا۔

چائے کے باوجود تمہارے ہاتھ اتنے سرد ہیں —— تمہارے اشعار میں عزم و استقلال کی جو گرمی ہے اُسی کو تمہاری فطرت کا ایک جز ہونا چاہیئے۔ اچھا اب چلو ڈرامہ شروع ہوا چاہتا ہے —— ابا بھی مدعو ہیں۔ آگئے ہوں گے"۔

ڈرامے کے دوران زرینہ اپنے ابا کے ساتھ ہی بیٹھی رہی —— لیکن انٹرول میں اُس نے جمیل کا اشارہ پاکر جمیل کے ساتھ چائے پینے کا موقع نکال لیا۔

جب وہ جدا ہونے لگے تو زرینہ کہہ رہی تھی۔

"کل نہیں، پورے پانچ دن بعد —— کیونکہ میں کل ابا کے سرکاری ٹور پر ان کے ساتھ جارہی ہوں —— تم آج کے پانچویں دن اسی کھڑکی سے چلے آنا۔ لیکن اب کی بار الارم وہ نہ ہوگا بلکہ ایک چھوٹی سی ٹوکری ڈوری میں بندھی نیچے لٹکتی رہے گی —— یہ ٹوکری تمہیں میری کھڑکی کے نیچے سرخ پھولوں کی اس بیل میں چھپی ملے گی جو اس کھڑکی کی بلندی کو تمہارے بیان کے مطابق حسرت سے تکتی ہے۔ اس ٹوکری میں سفید پھول ہوں تو تمہیں جان لینا چاہیے کہ میں خوش آمدید کہنے کے لیے تمہاری منتظر ہوں اور جو اگر سرخ پھول ملیں تو اسی بیل میں چھپ کر تمہیں پھولوں کے بدلنے تک میرا انتظار کرنا ہوگا ——

—— اچھا خدا حافظ —— اب میں ڈرامے کے ختم پر شاید تم سے نہ مل سکوں"۔

جمیل نے زرینہ کو کینٹین کی سیڑھیوں تک چھوڑا اور دونوں کی نظریں ایک دوسرے کو چوم کر رہ گئیں۔

پانچ دن پانچ برس بن کر بیتیں گے۔ جمیل نے دل ہی دل میں سوچا لیکن یہ پانچ دن جمیل کی ساری زندگی کا درد بن کر اس کا مقدر بن گئے۔

حالات نے دیکھتے دیکھتے اس تیزی سے پلٹا کھایا کہ اس ضلع کی زندگی کا سکون بھی مختلف دوسرے مقامات کی طرح درہم برہم ہو کر رہ گیا۔ جہاں جہاں فسادات پھوٹ پڑے تھے آزادی کی نعمتوں پر دیوانے خوش ہوئے تو یوں ہوئے کہ خون کی ہولی کھیلی —— وہ دل جو یہ جانتے بھی نہ تھے کہ محبتیں مذہب کی چار دیواری میں محصور کی جاسکتی ہیں اپنے دلوں میں بسی ہوئی محبتوں کی بنیادیں تک ہلادیں۔

جمیل نے جب یہ دل ہلادینے والی خبر سنی تھی کہ اس کے جگری دوست گردھر داس کو بو شریفہ کے بیٹے داؤد خاں نے بڑی بے دردی سے چاقو سے زخمی کر دیا ہے تو وہ بچوں کی طرح سسک سسک کر رو پڑا تھا۔ پھر یہ آگ بہت تیزی سے ضلع بھر میں پھیل گئی تھی۔ جب جمیل گردھر داس کے مکان پر پہنچا تھا تو اس کی بیوی اپنی مسلم نوکرانی کو گھر میں چھپائے لوگوں کو یقین دلا رہی تھی کہ اس کے گھر میں کوئی مسلم عورت چھپی ہوئی نہیں ہے۔ حالانکہ بو شریفہ مصلے بچھائے پاس ہی کے ایک کمرے میں گڑگڑا کر بابو گردھر کی زندگی کی دعائیں مانگ رہی تھی اور اس بات پر مطمئن تھی کہ داؤد خاں گرفتار ہو گیا ہے۔

جمیل نے موقع کی نزاکت کو بھانپ لیا تھا اور پچھلے پاؤں لوٹ جانے ہی میں اپنی عافیت سمجھ رہا تھا کہ اپنی دوکان کے لوٹے جانے کی اطلاع اُسے ملی۔

جمیل کی دوکان جب لوٹی جارہی تھی تو بیچ بچاؤ میں وہ بھی زخمی ہو گیا۔ تیزی سے اس ضلع پر ویرانیاں مسلط ہونے لگی تھیں۔ جو جدھر جان بچا سکتا تھا نکل پڑا تھا۔ بستی چھوڑنے والوں میں اس کا خاندان بھی تھا اور دوسرے ہی دن وعدے کے مطابق اُسے زرینہ سے ملنا تھا۔ ٹرینیں ابھی رُکی نہیں تھیں لیکن کسی لمحے بھی ان کی آمد و رفت بالکل بند ہو سکتی تھی۔ جمیل نے سمجھا بجھا کر اپنے خاندان کو ٹرین سے محفوظ جگہ بھجوا دیا۔ یہ

آخری ٹرین تھی اس لیے کہ اس کے بعد حالات اس حد تک بگڑ گئے کہ مسافروں کی نقل و حرکت کے لیے ریلیں بھی جاری نہ رہ سکیں۔

چٹکی ہوئی چاندنی میں چھپتے چھپاتے جمیل جب زرینہ کی کھڑکی کے نیچے پہنچا تو اُس نے دیکھا کہ کھڑکی کھلی ہے اور وہی سبز روشنی جل رہی ہے جو وہ سونے سے قبل جلا لیتی تھی۔

جب وہ سُرخ پھولوں کی بیل کے جھُنڈ میں پہنچ کر اپنے کو چھپا لینے میں کامیاب ہو گیا تو اس نے پھولوں کی ٹوکری کی تلاش شروع کردی۔ بغیر کسی دشواری کے اس کو یہ ٹوکری مل گئی جو تازہ سرخ پھولوں سے بھری ایک ریشمی ڈوری سے بندھی گھنی بیل کے جھُنڈ میں اُس کے قریب ہی جھول رہی تھی ـــــ لال پھول دیکھ کر بھی اس کو یک گونہ سکون ہی ہوا ـــــ زخموں کی ٹیسوں کو بھول کر اس نے سوچا کہ آخری سانس تک وہ انتظار کرے گا کہ سُرخ پھول سفید پھولوں سے بدل جائیں ـــــ یہی کیا کم ہے کہ زرینہ نے ابھی ضلع کی بستی نہیں چھوڑی۔ وہ یہی سب کچھ سوچ رہا تھا کہ اس کی نظر ٹوکری کے سُرخ پھولوں میں چھپے ہوئے ایک سفید سے کاغذ پر پڑی۔

اُس نے جھٹ سے ہاتھ بڑھا کر عالم اضطرار میں پھولوں میں دبے کاغذ کو اس طرح جھپٹ لیا جیسے یہ پھول، پھول نہ ہوں انگارے ہوں جن میں جل کر زرینہ کا خط چٹکی بھر راکھ میں بدل جائے گا اور اُس کی انگلیوں کی وہ پوریں جن سے اُسے اس خط کا جواب لکھنا ہے آبلے بن کر رہ جائیں گی۔

زرینہ نے لکھا تھا:

"مجھے یقین ہے کہ تم اس تباہی کے باوجود آؤ گے۔ مجھے اس کا بھی یقین ہے

کہ تم سب کچھ لٹا کر بھی اس ویرانے میں اس کھڑکی کی روشنی کو تکتے رہو گے جو تمھاری آنکھوں کی بصارت کا دوسرا نام ہو گئی ہے۔ مجھے اس کا بھی یقین ہے کہ ہم ملیں گے۔ مجھے معاف کردو کہ میں زیادہ تمھارا انتظار نہیں کر سکتی۔ کاش میں تنہا ہوتی۔ میری زندگی کے ساتھ ابا، اماں اور بھائی کی بھی زندگیاں وابستہ نہ ہوتیں ـــــ ہم لوگ بدقت تمام یہاں سے نکلنے میں کامیاب ہو سکے ہیں ـــــ میں کہیں چلتے قافلوں میں تمھیں نظر آؤں تو تم مجھے آواز دے لینا۔ جانے کیسے کیسے مرحلوں سے ہمیں گزرنا ہے۔ راہ کی صعوبتیں جب بینائی کو دھندلا دیتی ہیں۔ راستے کی دھول جب مسافروں کے چہروں کو اس حد تک مسخ کر دیتی ہے کہ خود قافلے والے ایک دوسرے کو اجنبی لگتے ہیں۔ اس وقت میں تمھیں نظر آؤں اور تم مجھے پہچان نہ سکو تو بے جھجک مجھے آواز دے لینا۔ میں تمھاری آواز پر کان لگائے زندگی کے ہر مشکل راستے پر چلتی رہوں گی۔"

وہ جسے تمھارے بن جانے کی تمنا ہے

زرینہ

جمیل نے ٹوکری کو چوما ـــــ سرخ پھول اپنی دستی میں محفوظ کیے اور خط پر گرے ہوئے آنسوؤں کو خشک کیے بغیر خط کو محفوظ کر لیا اور چل پڑا۔

لیکن زرینہ کہیں بھی جمیل کو نہ ملی ـــــ شہر بھر میں جال کی طرح بچھے ہوئے راستے جمیل کے پاؤں کے لمس سے لمحے بھر کو آشنا ہو کر اسے بھول گئے۔ دنوں کی گرد نے زرینہ کا چہرہ جمیل کے تصور میں دھندلا کر رکھ دیا۔ اب تو آئینہ دیکھ کر وہ خود کو بھی کم ہی

پہچان سکتا تھا۔

اور ایسے میں آج یکایک جب وہ لڑکی راستے کے نکڑ پر اُسے ملی تو وہ مبہوت سا ہو گیا۔

کیا یہ ممکن ہے کہ زرینہ کے لیے وقت ٹھہر گیا تھا۔

کیا یہ ممکن ہے کہ زرینہ نے مجھے نہ پاکر بھی اپنا کچھ نہیں کھویا۔

کیا یہ ممکن ہے کہ تیز ایام کی دھوپ بھی حُسن کو کملا نہیں سکتی اور صرف عشق جُھلس کر اپنا سب کچھ کھو دیتا ہے —— زرینہ نے تو مجھے پہچانا بھی نہیں۔ کیا میں اس قدر بدل گیا ہوں۔

دوسرے دن جب وہ سڑک کے اُسی موڑ پر پہنچا تو سر تا بقدم کانپ رہا تھا۔ —— ایک ڈھکی چھپی تمنا اُس کے دل میں تھی —— کہ خدا کرے یہ زرینہ نہ ہو۔

وہ اپنے انھیں خیالات میں گم تھا کہ اُسے جانا پہچانا موٹر آتا ہوا نظر آیا۔

اُس نے زور زور سے دھڑکتے دل کو سینے میں دبا کر تھام لینا چاہا۔

جب موٹر قریب آیا تو وہ بے تحاشہ پکار اُٹھا:

"زرینہ —— زرینہ —— مجھے پہچانو۔"

موٹر رُکا تو وہ خود کو سنبھال کر لڑکھڑاتا ہوا موٹر تک پہنچا۔

لڑکی نے بغور اس کو دیکھا —— اُس کی آنکھوں میں زرینہ ہی کی آنکھوں کی گہرائی بھی تھی اور حُزن بھی تھا۔ جمیل نے مسکرانے کی ناکام کوشش کرتے ہوئے کہا —— "تم نے آواز دینے پر بھی مجھے پہچانا نہیں زرینہ۔"

لڑکی مبہوت بنی اسے دیکھتی رہی —— آخرش اُس نے کہا —— "زرینہ

میری امی تھیں ـــــ اُنھیں اس دُنیا سے اُٹھے بہت دن بیت گئے ـــــ میری پیدائش کے بعد اُنھیں جب بھی میری سال گرہ میں سُرخ پھولوں نے سابقہ پڑا وہ اُداس ہوگئیں ـــ اور پھر ایسی ہی ایک تقریب میں وہ پاگل ہوگئیں۔ ان کی صحت گرتی گئی۔ ہمیشہ اپنی خاموشی کو یہی کہہ کر توڑا کہ سنو، کوئی آواز دے رہا ہے۔"

"سنو، کسی نے مجھے پکارا ہے ـــــ سنو، وہ پکار رہا ہے مجھے۔"

لڑکی اتنا کہہ کر چپ ہوگئی ـــــ یوں لگتا جیسے اس کا سارا وجود آنکھوں میں سمٹ آیا ہے۔

بھیگی ہوئی پلکوں کو بار بار جھپکا کر اُس نے آخر ش رُندھے ہوئے گلے سے پوچھا:

"لیکن آپ کون ہیں ـــــ میں نے آپ کو کبھی دیکھا نہیں۔"

جمیل نے اپنی ساری توانائیاں سمیٹ کر لفظ ادا کرنے چاہے۔ شاید وہ اس قدر کہہ سکا:

"میں وہی آواز ہوں بیٹا جس کی تمھاری امی منتظر تھیں"۔

▲▲

۱۹۶۷
(نیا دور لکھنؤ)

پانچویں عورت اٹھارواں مرد

آج میرا نمبر پہلا ہوگا۔

اب تو رات وقت کے سمندر میں کچھ اس طرح ہے کہ ڈوبنے والی ہے، لیکن ڈوبنے کو تیار نہیں ہے۔

میں جانے پہچانے راستوں پر اجنبی کی طرح چل رہا ہوں۔ اس لیے کہ میں نے ان راستوں کو دن کے اُجالے میں دیکھا ہے یا رات ہوئی تو سڑک کے قمقموں کے نیچے روشنی کی چادر اوڑھے دیکھا ہے۔

لیکن اس وقت گہرے گہرے اندھیرے پھیکے پھیکے اُجالوں پر اس طرح ٹوٹ پڑے ہیں کہ پاس کے چہرے بھی پہچانے نہیں جاتے۔ تبھی تو پاروتی کی بیوہ بہن میرے برابر سے گزر گئی ہے ـــــ اور میں نے اس کو پہچانا نہیں۔

اور اس کو پہچاننے کی کوشش میں ٹھوکر کھائی ہے۔ ایک پیر برابر کے کھنڈ میں جا پڑا ہے جس میں پچھلی رات کا برسا پانی ٹھہر ٹھہر کر کیچڑ بن گیا ہے۔

دیکھ کر چلیے راستے کی ساری بتّیاں بجھی پڑی ہیں۔

"کون؟ سرسوتی کی بہن ہو؟"

"نہیں ۔۔۔ پاروتی کی بہن ہوں سرسوتی۔"

"اوہ۔۔۔ ہاں۔۔۔ میں تمھارے نام ہمیشہ۔۔۔ مجھے معاف کردو۔"

"ہوں۔۔۔"

"تم اس وقت اکیلی نکل پڑیں۔ پاروتی کو ساتھ لے لیا ہوتا۔"

"وہ سو رہی ہے۔ آپ جانتے نہیں وہ کیسے سوتی ہے۔"

"اور شاید جن آنکھوں کی نیند ٹوٹ جاتی ہے وہ آنکھیں سوتی آنکھوں کو نہیں جگا سکتیں۔"

"میں بھی نہیں۔" سرسوتی معصومیت سے کہتی ہے۔

میں کچھ سوچتا ہوں اور موضوع بدل دیتا ہوں۔ ورنہ مجھے ڈر ہے کہ اس کا گلا رُندھے گا اور وہ منٹ بھر میں رو پڑے گی۔

"تم پہلی عورت ہو اور میں تیسرا مرد رہوں گا۔"

"نہیں میرا نمبر پانچواں ہے۔"

"تمھارا نمبر پانچواں ہے؟"

"ہاں!"

تو میں تمھارے بعد ہی رہوں گا، چھٹا مرد۔

لیکن آپ جائیے بھی ۔۔۔ آپ تو باتوں میں لگ گئے ہیں۔ جب میں لوٹ رہی تھی تو دو تین لوگ اور آ گئے تھے ۔۔۔ اچھا تو میں چلوں۔ اور وہ آگے بڑھ گئی۔

میں نے آسمان کی طرف دیکھا۔ آسمان کالا تھا اور اس میں ذرا ذرا سے فاصلے پر جو ستارے ٹنکے ہوئے تھے وہ اتنی ملتی کے چند ہی رہ گئے تھے۔ ابر کے دبیز پردے اِک

بے ترتیبی سے اُن کے آس پاس بکھرے پڑے تھے جیسے تقریب کے بعد دری پر بچھی ہوئی لمبی لمبی سفید چاندنیاں سمیٹ کر ایک دوسرے پر ڈھیر کردی گئی ہوں اور پھول کے گجروں سے ٹوٹی ہوئی پتیاں ان میں اُلجھی ہوئی چمک دمک رہی ہوں —— ابر کے انھیں ٹکڑوں میں کچھ اور ستارے چھپ گئے تھے لیکن ایک ستارا مجھے چھپا نظر آرہا تھا —— اور پاروتی کی بیوہ بہن سرسوتی تیزی سے اپنے گھر کی طرف جارہی تھی اور میری نظروں سے اب اوجھل ہوا چاہتی تھی۔

میں جب راشن کی دوکان پر پہنچا تو چوکیدار نے بے تکلفی سے پوچھا۔

"آج آپ نے فجر کی نماز نہیں پڑھی۔؟"

میرا جی چاہا چوکیدار سے پوچھوں کہ فجر کی نماز عشا کی نماز سے ملا کر پڑھنے کا طریقہ رائج کرنے والے تم ہوتے کون ہو۔ دوسرے مجھ جیسے بدذات کو نماز کی تلقین کرنے کا تمھیں کیا حق پہنچتا ہے۔؟

لیکن چوکیدار میرا مربی ہے، میرا محسن۔ اس احسان کے بدلے میں اس کی ساری بکواس اس طرح سنتا ہوں جیسے میری معلومات میں اضافہ ہو رہا ہے اور اس کی مُٹھی کچھ اس طرح گرم کرتا ہوں جیسے اپنی ہی قینچی سے اپنی ہی جیب کاٹ رہا ہوں۔

اس وقت جب میں راشن کی دوکان پر پہنچا ہوں دوکان پر کوئی نہ تھا۔ چوکیدار سر سے پاؤں تک اوڑھا ہوا بنچ پر پڑا تھا اور اسکیموں کی طرح اس کی آنکھیں بلانکٹ سے باہر جھانک رہی تھیں۔

اپنی تھیلی کیو QUEUE میں لگادیجیے —— اس نے جیسے میرے وجود کو قبول کرتے ہوئے کہا۔

میں نے سیلو کے پتھریلے فرش پر سگریٹ کی خالی ڈبیوں سے بنائی ہوئی بچوں کی ریل گاڑی کی طرح تھیلیوں کی رنگ برنگی قطار دیکھی اور آخری تھیلی کے برابر اپنی تھیلیاں رکھ دیں۔

راشن کی دوکان پر انسانی شعور گھٹنوں کے بل چلنے لگتا ہے۔ سرسوتی نے مجھے بتایا تھا کہ وہ پانچویں عورت ہے لیکن میں نے تیلی جلائی اور گنتی کی تو تھیلیوں کی قطار میں میرا نمبر اٹھارواں تھا۔

سرسوتی تو مجھ سے ابھی ابھی ملی تھی۔ اس کے بعد بارہ آدمی اس قدر تیزی سے آئے اور نکل گئے ـــــ میں سمجھ گیا۔ سرسوتی نے گنتی غلط کی ہوگی۔ پھر بھی میں نے اپنا شک رفع کرنے کے لیے چوکیدار پر جرح شروع کر دی۔

پانچواں آدمی مجھ سے ابھی ابھی ملا تھا۔ اس کے بعد کچھ ہی دم میں میں آرہا ہوں۔ پھر یہ بارہ آدمی کب آئے اور کب نکل گئے۔

چوکیدار نے بڑے اطمینان سے کہا جیسے میرے سفید جھوٹ پر ہنس رہا ہو۔

پانچواں آدمی کہاں تھا صاحب ـــــ وہ تو عورت تھی۔

میں نے اپنی خفت مٹاتے ہوئے کہا ـــــ تو کیا عورت آدمی نہیں ہوتی؟

عورت ـــ عورت تو عورت ہوتی ہے۔ چوکیدار نے تنگ آکر کہا اور مجھے ہار مان لینے میں کوئی تامل نہ ہوا۔ رہ گئے بارہ آدمی کب آئے اور کب چلے گئے۔ سو کیا ضروری ہے کہ سب ہی یہاں تک چل کر آئیں بھی۔

"تو پھر یہ تھیلیاں جو اتنی ساری ہیں"۔

پانچویں عورت اپنی تھیلی کے برابر اگر آپ کی تھیلی رکھ جاتی تو آپ چھٹے آدمی ہوتے۔

اسی طرح ایک آدمی چار چار پانچ پانچ جانے پہچانوں کی تھیلیاں لاتا ہے اور دو تین آدمی مل کر آپ کو بارہ تیرہ آدمیوں سے پیچھے کیو میں ڈھکیل دیتے ہیں۔

" یہ تو دھاندلی ہے۔ میں نے زیر لب اس طرح کہا کہ چوکیدار سن نہ سکے۔ لیکن اس نے میری بات سن لی"۔

" ہاں صاحب اگر یہ دھاندلی ہے تو پھر آپ بھی دھاندلی کیجیے نا۔ کون روکتا ہے"۔

" دھاندلی کرنا فن ہے اور میں اناڑی ہوں مجھے بتاؤ نا"۔

لیجیے چوکیدار سے کہیئے گا کہ چوری کرنا سکھلا دو ۔۔ اُس نے لبوں تک آئی ہوئی مسکراہٹ کو چھپا کر کچھ سوچا۔۔۔ پھر مجھے اشارے سے قریب بُلا کر کہنے لگا۔

" غنی کو جانتے ہیں آپ ؟"

" کون غنی ۔ ؟"

ارے وہی لم ترڑنگ جو مزدوری پہ غلہ ڈھوتا ہے۔ اُسے اپنی تھیلیاں کچھ بخشش کے ساتھ دیا کیجیے۔ وہ راتوں رات آکر کیو میں لگا جائے گا اور میں رکھوالی کروں گا۔

میں یہ جان کر بھی خاموش ہو رہا کہ غنی سے چوکیدار کی ملی بھگت ہے۔ دراصل میں اندر ہی اندر تاؤ کھا رہا تھا۔ میری کیفیت اس راکھ کی تھی جو چنگاریاں چھپائے ہوئے اور چوکیدار اس راکھ کو کرید رہا تھا۔

کیو میں مجھے ہمیشہ گھنٹوں پڑا رہنا پڑتا تھا۔ میں بے حد عدیم الفرصت آدمی ہوں۔ فرصت کے ایک ایک لمحے کو لکھنے پڑھنے کی نذر کرنا چاہتا ہوں۔ لیکن کر نہیں پاتا۔ کیو میں کھڑا ہونا اور انتظار میں وقت گزارنا کوئی آسان مرحلہ نہیں ہوتا۔ میں ایسے میں

کتاب یا پرچے کا سہارا لیتا ہوں جو اناج کے کارڈ کی طرح میرے ساتھ ضرور ہوتا ہے۔ لیکن جی اُچاٹ سا ہوجاتا۔ لڑنے والی عورتیں اور عشق لڑانے والے مرد یوں لگتا جیسے دمشق کے قحط کے منتظر ہیں ــــ زندگی جھنجھوڑتی کہ ادھر بھی دیکھو کتنی کتابیں کھلی پڑی ہیں ــــ اور پڑھنے میں میرا جی نہ لگتا اور میں کیو میں شامل ہوجاتا جہاں میرا جسم پہلے ہی سے موجود تھا۔

ایک بڑے لونڈے نے ایک چھوٹے بچے کو طمانچہ جڑ دیا ــــ لوگ چھوٹے بچے کی حمایت میں ہیں۔

ایک مسٹنڈا ایک بوڑھے سے اُلجھ پڑا۔ لوگ بوڑھے کی حمایت میں ہیں۔

ایک جوان عورت سے ایک بچے نے کیو میں آگے بڑھنے کی کوشش کی۔ لوگ جوان عورت کی حمایت میں ہیں۔

ایک جوان عورت سے ایک مرد نے گستاخی کی۔ لوگ جوان عورت کی حمایت میں ہیں۔

ایک جوان عورت سے ایک بڑھیا اُلجھ پڑی۔ لوگ جوان عورت کی حمایت میں ہیں۔

ایک جوان عورت سے دوسری جوان عورت کی ٹھن گئی، حمایتی تقسیم ہوگئے۔

اناج کے بعد درجے میں سب سے بڑی چیز جوان عورت ہے۔ میں کتاب کسی تھیلی میں ٹھونس دیتا ہوں۔

لیکن آج میں سمجھ رہا تھا کہ میں پہلا آدمی ہوں۔ ایسے میں مجھے سرسوتی نے بتلایا تھا کہ وہ پانچویں عورت ہے ــــ تو گویا میں چھٹا مرد تھا۔ لیکن حقیقت کچھ اور ہی تھی۔ یہاں تو میرا نمبر اٹھارواں تھا۔

اور آج سب کچھ ملنے والا تھا۔ شکر بھی باریک چاول بھی اور سفید گیہوں بھی۔ اور رات میں نے بے چینی سے گزاری تھی۔ آنکھیں مُندتیں تو کیوں لگا رہتا۔ میں آنکھیں کھول کر اپنے کمرے کا جائزہ لیتا۔ میری ٹیبل، میرے بک شلف، میرے سرہانے پڑی اُدھ کھلی کتاب ـــــ جب یقین ہو جاتا کہ یہ راشن کی دوکان نہیں ہے تو میری آنکھیں پھر مُندنے لگتیں۔

اس عالم میں جب میں نے اپنے نرم گرم بستر سے اپنے جسم کو اُٹھایا تو رات کالی تھی۔ ستارے بے جان تھے۔ سرسوتی پانچویں عورت تھی، میں اٹھارواں مرد اور تم ترنگ غنی نے مجھے اس راکھ میں تبدیل کر دیا تھا جس کے نیچے چنگاریاں دبی پڑی تھیں اور وہ لوگ چین کی نیند سو رہے تھے جن کی تھیلیاں غنی رکھ گیا تھا۔

میں لوٹ آیا ـــــ رات ہانپ رہی تھی۔ جان کنی کے عالم میں آنے والے دن سے شکست کھائی ہوئی۔

سرسوتی کے گھر سے گزرتے ہوئے میں اس طرف نظر اُٹھانا بھول گیا۔ حالانکہ میں جب بھی اس گھر پر سے گزرتا ہوں ہر روزنِ در سے میری آنکھیں ساری بینائی لے کر جھانکتی ہیں۔

آٹھ بجے جب میں راشن کی دوکان پر پہنچتا ہوں تو کیو سڑک پر ہو کر مکانوں کے برابر دور تک چلا گیا ہے ـــــ مجھے تسکین سی ہوتی ہے۔ اتنے لوگ میرے بعد ہیں۔ مجھے اپنی شب بیداری کا نعم البدل مل گیا ہے۔

وہ لوگ جو تھیلیاں رکھ گئے تھے اپنی اپنی جگہ سنبھال چکے ہیں جو نہیں ہیں ان کی تھیلیاں ان کی نمائندگی کر رہی ہیں اور جو کیدار کیو بنانے اور کیو توڑنے

دلوں پر کڑی نظر رکھے ہوئے ہے۔

کچھ لوگ ہیں، پھر تھیلیاں ہیں، پھر ایک دو آدمی ہیں۔ پھر تھیلیاں ہیں اور یہ سلسلہ دور تک چلا گیا ہے۔

میں اپنی جگہ ڈھونڈ رہا ہوں۔

یہاں آجائیے۔ سرسوتی مجھ سے کہہ رہی ہے اور میں اپنی تھیلیوں کی تلاش میں اس کی آواز نہیں سُن پاتا ہوں۔ اور جب اسی بوکھلاہٹ میں اس کے قریب پہنچتا ہوں تو وہ ہنس پڑتی ہے۔

میں کب سے بلا رہی ہوں۔ یہ رہیں آپ کی تھیلیاں۔ آپ کیوں آ تو جائیے۔

لیکن میں ——

آپ اٹھارویں آدمی تھے —— اس نے بات پوری کر دی اور بات کو یوں بڑھایا بھی —— میں آپ کے لیے جگہ بنا گئی تھی —— اپنی ہی ایک تھیلی رکھ گئی تھی۔ جب آئی تو آپ نہ تھے۔ آپ کی پٹے دار تھیلیاں پہچانتی ہوں سو اٹھارویں نمبر سے اٹھا لائی۔

لیکن تم نے مجھے بتایا نہیں کہ میرے لئے جگہ بنالی ہے۔ حالانکہ تم مجھ سے اس وقت ملی ہو جب میں ——

میں چاہتی تھی کہ آپ خود جگہ بنالیں اور میں کچھ نہ بتاؤں۔

اور اگر میں تمہارے بعد ہی پہنچتا تب بھی ساتویں نمبر پر ہوتا کیونکہ چھٹا نمبر تو تم نے خود میرے لیے محفوظ کر رکھا تھا۔ ایسی صورت میں تمھیں بتلانا ہی پڑتا کہ تم نے جگہ میرے لیے اور صرف میرے لیے رکھی ہے۔

وہ ہنس پڑی کہ یہ سوچے بغیر کہ کالونی کے لوگ یہ جانتے ہیں کہ وہ ایک ہندو

جوان بیوہ ہے۔

پھر اس نے اپنی ہنسی کو لوگوں کی نظروں سے چھپالیا اور مجھ سے بڑی متانت سے کہا —— یوں بھی تو ہو سکتا تھا کہ چھٹے نمبر پر میری کوئی سہیلی ہوتی جواب نہیں آئی۔

اب میں نے بھی اپنی ہنسی چھپالی کہ لوگ اس کے ساتھ مجھے بے تکلفی سے ہنستا ہوا نہ دیکھیں۔ لیکن مجھے یہ سوچتے ہوئے لطف آرہا تھا کہ عورت جب کچھ نہیں بتانا چاہتی تو سب کچھ بتا دیتی ہے۔

ہم اناج سے بھری تھیلیاں اٹھا کر لوٹنے لگے تو اس نے مجھے سہارا دینے کے لئے ایک تھیلی خود تھام لی کیونکہ اس کے پاس اناج کی بہت کم مقدار تھی۔ کیونکہ اس کے گھر دو آدمی رہتے تھے۔ وہ اور اُس کی بہن پاروتی۔

اس کا گھر آگیا تو میں نے دیکھا کہ دروازے پر تالا پڑا ہے۔ میں اس طرح رک گیا جیسے اپنے ننگے بدن کو جو کپڑوں سے ڈھنکا ہوا تھا اس کی چار دیواری میں چھپانا چاہتا ہوں اور اس نے بڑھ کر اپنے گھر کا دروازہ اس طرح کھول دیا جیسے مجھے اندر ڈھکیل کر پھر سے بند کر دے گی۔

اور اب اُس کی چاردیواری میں کچھ دیر گزر جانے کے بعد جب میں نے گُدگُدا کر مذاقاً اُس سے کہا کہ تم میری زندگی میں پانچویں عورت ہو اور میں تمھارے جیون میں اٹھارواں مرد —— تو وہ اپنے جسم پر کپڑے برابر کرتے ہوئے میرے پہلو سے تڑپ کر اُٹھی —— اُس نے جُھک کر میرے چرن چھوئے —— میرے پیروں کی اپنے ماتھے پر لگائی۔ میں نے اُس کے آنسوؤں کی نمی اپنے پیروں پر محسوس کی۔ اس نے روتے ہوئے مجھ سے کہا۔

آنند بابو ـــــ آپ میرے جیون میں دوسرے مرد ہیں۔ میں نے آپ کو اپنا دوسرا جیون سمجھ لیا تھا۔

وہ سسک سسک کر رو رہی تھی ـــ میں اپنی اُلٹی سیدھی محبّت کے دلاسے دے رہا تھا۔ لیکن اُس کی آنکھیں تو رونے کے لیے کہیں سے سمندر اٹھا لائی تھیں۔

میں جب بوکھلا کر اُس کے گھر سے نکلا تو جلدی جلدی قدم اُٹھاتا ہوا سوچ رہا تھا، وہ میرے لیے پاکیزہ عورت ہو کہ نہ ہو کاش میں اُس کے لیے اٹھارواں مرد تو ہوتا ہی ـــ کیوں کہ ـــ کیوں کہ ـــ وہ جو اپنی پاک دامنی مجھے سونپ رہی تھی میں کہاں یہ چاہتا تھا کہ اس کا دیا ہوا یہ سب اُٹھا کر اپنے سینے میں امانت کی طرح چھپا لوں۔

میں نے اپنی رفتار اور تیز کر دی۔

اُس نے رُندھے ہوئے گلے سے مجھے پکارا۔

آنند بابو اپنی اناج کی تھیلیاں تو لیتے جایئے۔

اور مجھے یوں لگا جیسے سرسوتی نہیں چوکیدار پکار پکار کر مجھ سے پوچھ رہا ہے۔

دھاندلی کرنا فن ہے، اور تم اناڑی ہو؟ ـــ مان کیوں نہیں لیتے کہ تم اٹھارویں نہیں دوسرے مرد ہو ـــ کیا فرق پڑتا ہے۔

۹۶۷

(کتاب، لکھنؤ)

سڑک

کالونی سے پُل تک ساڑھے تین ہزار قدم کا فاصلہ ہے۔ میں یہ فاصلہ آتے جاتے دو بار روز ہی طے کرتا ہوں۔ مسافت کا یہ پیمانہ کسی بے کار ذہن کی نشاں دہی کرتا ہے۔ ذہن سوچ سے عاری ہو اور کسی بے سبب اُداسی کا شکار ہو تو شاید آدمی سڑکیں ناپ کر جی بہلاتا ہے۔ سڑکیں میں نے بھی بہت سی ناپی ہیں۔ لیکن یوں بھی نہیں کہ قدم گنتا رہوں۔ سڑکیں تو بس بچھی رہتی ہیں۔ سب کے لیے یکساں۔ دوڑتی ہوئی موٹروں کے لئے بھی — کھلنڈرے بچوّں کے لئے بھی — تھکے تھکے قدموں کے لیے بھی۔ فرق کچھ نہیں پڑتا۔ ہم اپنی اپنی زندگی آپ اٹھائے پھرتے ہیں — پھولوں کی طرح سبک بھی۔ پتھروں کی طرح وزنی بھی۔ اب یہ اور بات ہے کہ میں زندگی اس طرح جیتا ہوں جیسے پتھر ڈھو رہا ہوں — لیکن خود میں بھی تو یہ نہیں کہہ سکتا کہ میں نے ہمیشہ ہی اس سڑک پر پتھر ڈھوئے ہیں — کبھی کبھی تو یوں گزرا ہوں کہ مجھے پتہ بھی نہ چلا کہ میں کالونی سے کب نکلا ہوں اور کب پُل تک پہنچ گیا ہوں۔ کبھی یوں بھی ہوا کہ وہ چاروں آدمی مجھے اپنی جانب متوجہ کرنے میں کامیاب ہو گئے ہیں — کبھی میں نے کسی ایک پر بس یوں ہی نظر

ڈال لی ہے۔ کبھی یوں بھی ہوا کہ ان میں سے کسی نے مجھے بغور دیکھا تو میں نے نظریں چرالیں ـــــ کسی کو کیا پڑی ہے کہ ایک دوسرے کی طرف توجہ دے لیکن اس سڑک سے ان چاروں آدمیوں کا تصوّر وابستہ کیے بغیر اس سڑک کی اپنی مخصوص تصویر ذہن میں نہیں بن سکتی۔ ہاں اس کی جغرافیائی اہمیت کی وضاحت کے لیے اس کے حُسن کا تذکرہ بھی کچھ ضروری ہے۔

سفید ساریوں میں ملبوس نرسوں کی ٹکڑیاں جو اپنے ہوسٹل سے ہاسپٹل تک جاتی ہیں، اور پھر ہاسپٹل سے ہوسٹل تک لوٹ آتی ہیں اس کا مستقل حُسن ہیں کیونکہ ہوسٹل اسی سڑک پر ہے۔ رنگ و بو کا یہ کارواں راہ گیروں کی نظروں کے لئے کچھ نہ کچھ تو فراہم کر ہی دیتا ہے ـــــ مجھے کسی بھی حُسن کے اجتماعی مظاہروں میں کبھی دلکشی نظر نہ آئی ـــــ مجھے تو کسی بھی کارواں نے آج تک اپنی جانب متوجہ ہی نہیں کیا۔ چاہے یہ کارواں سیاست کا ہو، ادب کا ہو یا زندگی کا ـــــ میں اس مسافر کو رُک کر ضرور دیکھ لیتا ہوں جو کارواں سے کٹ جاتا ہے۔ مجھے آسمان کی وسعتوں میں پرندوں کی ڈاریں متوجہ نہیں کرتیں۔ کھویا کھویا سا ڈولتا ہوا ایکہ و تنہا پرندہ میری نگاہوں کا مرکز ضرور بنتا ہے ـــــ مجھے باغ میں پھولوں کے تختے بُرے نہیں لگتے مگر ویرانے میں سر اُٹھایا ہوا پھول جانے مجھے کیوں عظیم لگتا ہے ـــــ نرسوں کی ان ٹکڑیوں کا میرے روزمرہ سے بس اتنا ہی علاقہ ہے کہ وہ گزرتی ہیں ـــــ میں گزر جاتا ہوں ـــــ ہاں معمولی شکل وصورت والی وہ لمبوترے چہرے کی لڑکی بہتی ہوئی اس سڑک پر میرے ساتھ دوڑتے ہوئے وقت میں ایک لمحہ کی حصہ دار ضرور ہے۔ جب وہ مجھے آتا ہوا دیکھ لیتی ہے تو دور ہی سے نظریں جُھکا لیتی ہے جیسے میں اس کے

ذہن کے کسی گوشہ میں نہیں ہوں لیکن قریب پہنچتی ہے تو مجھے دیکھے بغیر جیسے گزر ہی نہیں سکتی۔ وہ دراصل کسی ذہنی الجھن کا شکار ہو جاتی ہے ---- وہ جب بھی میرے پاس سے گزرتی ہے کچھ اس طرح گزرتی ہے جیسے پسینا چھوٹ گیا ہو ---- میں کبھی کبھی رحم کھا کر اس کی طرف دیکھنے سے گریز کر جاتا ہوں۔ یہ سب کچھ دراصل ایک بہت معمولی حادثے کا ردِ عمل ہے ---- ہوا یوں تھا کہ جب پہلی بار میں نے اس کو دیکھا تو وہ میری نظروں کی زد میں آکر کچھ عجیب حرکتیں کر بیٹھی تھی۔ اپنے لمبوترے چہرے کو ہونٹ بھینچ کر مضحکہ خیز انداز میں سکیڑ لیا تھا۔ پھر ہاتھ پاؤں سیدھے کیے یوں چلنے لگی تھی جیسے پریڈ کر رہی ہو ---- میں بہ مشکل اپنی مسکراہٹ پر قابو پا سکتا تھا اور جب اس کے برابر سے گزر گیا تھا تو پانچ دس قدم چل کر اس کو پلٹ کے دیکھا تھا ---- وہ میری طرف گھوم کر کھڑی مجھے دیکھ رہی تھی ---- میں نے فوری نظریں پھیر لیں۔ اس کے بعد میں نے پلٹ کر اسے کبھی نہیں دیکھا ---- لیکن اس سڑک پر پہنچ کر وہ نظر بھی نہیں آئی ہے تو میں اسے ضرور دیکھ لیتا ہوں ---- کیونکہ اس سڑک پر میرے ذہن کا ایک لمحہ ہے۔

اور پھر وہ آدمی ---- جس کو میں نے دوسری بار دیکھنے کی جرأت ہی نہیں کی۔ اپنی جگہ کتنا مطمئن ہے۔ اُس کو پرواہ نہیں ہے کہ ---- راہ گیروں کی نظریں جب اُس پر پڑتی ہیں تو کس طرح مجروح ہو جاتی ہیں ---- اس کی ایک آنکھ بالکل پھوٹ کر پپوٹوں سے باہر نکل آئی ہے۔ اس کا چہرہ اتنا کریہہ ہے کہ نظریں پناہ مانگتی ہیں، میں نے دور سے اُس کو آتا ہوا محسوس کیا ہے تو اس کے گزر جانے تک نظریں سڑک پر جما رکھی ہیں۔ وہ مگر مجھ سے انتقام لینے کا درپے ہے ----

میں اس کو اپنے بالکل مقابل پاتا ہوں اپنا راستہ رُکا ہوا محسوس کرتا ہوں —— اور وہ آنکھ —— میں آنکھیں بند کروں تب بھی نظر آتی ہے۔

جب ہم کسی چہرے کو ایک بار صرف ایک بار دیکھ کر زندگی بھر دیکھتے رہتے ہیں تو اس آنکھ کو کیوں نہیں دیکھ سکتے جسے دیکھنا نہیں چاہتے —— میں اپنے ذہن سے اسے کس طرح نکال پھینکوں جو میرے دماغ میں یہ کہہ کر چوکے لگاتا ہے کہ مجھے بھی دیکھو میں بھی اس دنیا میں زندہ ہوں۔

اور پھر وہ دراز قد بوڑھا —— وہ مجھے صبح نہیں ملتا، شام کو ملتا ہے اور ضرور ملتا ہے —— میں اُسے ضرور دیکھتا ہوں اور وہ مجھے ضرور دیکھتا ہے۔ لیکن ہم دونوں ایک دوسرے سے نظریں ملا کر ایک دوسرے کو غور سے نہیں دیکھتے —— چوری چوری کن انکھیوں سے دیکھتے ہیں —— وہ چھڑی ٹیکتا ہوا بڑی رعونت سے چلتا ہے۔ میں اپنا سیف SAFE اُٹھائے بڑی تمکنت سے گزرتا ہوں —— وہ روزانہ شام کو واک کے لیے نکلتا ہے۔ میں تھکا ہارا آفس سے لوٹتا ہوں۔ سنتا ہوں وہ دولت مند ہے۔ اُس کو اپنی دولت کا زعم ہے۔ میں اپنے ذہن و دل کی دولت پر نازاں ہوں۔ اپنی ادبی اہمیت کا مجھے احساس ہے۔ ہم دونوں ہی اپنی اپنی انانیت کی لاش اُٹھائے گزر جاتے ہیں۔ ہمارا پندار ہمیں ایک دوسرے کے قریب آنے نہیں دے گا —— ٹھیک ہے۔ اس کی ضرورت بھی کیا ہے۔ لیکن مجھے یقین ہے۔ وہ آدمی مجھے پسند کرتا ہے اور میں بھی اُسے پسند کرتا ہوں —— وہ چاہتا ہے میں پہل کروں۔ میں چاہتا ہوں وہ پہل کرے —— دیکھنا ہے دو دولت مند کس سانحے پر ملتے ہیں۔

سب سے نرالی شخصیت تو یہ ہے —— یہ چوتھا آدمی ہے۔ اس کو دیکھتا ہوں

تو دل میں پھلجھڑیاں سی چھوٹتی ہیں۔ عجیب بے نیاز آدمی ہے۔ اس کی کوئی کل سیدھی نہیں ہے۔ ایک پاؤں پھینک کر جسم کو خم دے کر دونوں ہاتھ ڈھیلے ہوئی کشتی کے پتواروں کی طرح ہلاتا ہوا اس طرح چلتا ہے کہ بے اختیار ہنسی آجاتی ہے۔ راستہ چلنے والے منٹ بھر کو اسے ضرور دیکھتے ہیں۔ مریل سی بہت معمولی چہرے کی یہ شخصیت جس کے گالوں کی ہڈیاں اُبھری ہوئی ہیں اپنے اندر شاید کوئی اور ہی دُنیا بسائے ہوئے ہے۔ اس کو ایک پل کے لیے بھی احساس نہیں ہوتا کہ وہ دیکھے جانے کے لائق ہے اور کتنے ہی راہ چلنے چھوڑ کر اُسے دیکھ رہے ہیں۔ وہ بس اپنی ہی دُنیا میں مگن ہے۔ میں جب کبھی اس کے برابر سے گزرا ہوں۔ اُس کو چلتا ہوا دیکھتا رہا ہوں اور اطمینان سے مسکراتا رہا ہوں اور اب یہ تمنا حسرت بن گئی ہے کہ وہ کبھی ایک نگاہ غلط انداز مجھ پر ڈالے۔ اس نے کبھی کسی کو دیکھنے کی زحمت نہیں کی۔ اپنا بدن گھسیٹتے ہوئے پتنگ کی طرح ٹیڑھا میڑھا اُس طرح گھسیٹتا ہے جیسے تھاپ کھا کر ابھی زمین پر بیٹھا ہو اور کوئی بچہ اس کی ڈور تھامے بھاگ رہا ہو۔

آج آٹھواں دن ہے۔ یہ تھاپ کھایا ہوا پتنگ نما آدمی نہ مجھے صبح نظر آیا نہ شام۔ میری دو وقت کی مسکراہٹ اس نے چھین لی ہے۔ کسی سڑک پر آتے جاتے دو وقت کی مسکراہٹ کا معمول بن جانا کوئی معمولی بات نہیں ہے اور اس شخص نے بے مانگے کتنے ہی راہ چلتوں کو یہ سب کچھ دے دیا ہے۔

سرتی نے مجھے لکھا تھا ——— "ایم اے کے فارم کے لیے تصویر اُتروانے گئی تو ایک دو پوز اور کھنچوا آئی"۔

اس جملے کے بعد سرتی نے میری کہانیوں اور اس کی اپنی کہانیوں کے کرداروں

کی بات شروع کر دی ـــــ اور وہ یہ بھول گئی کہ اس نے مجھے بہت دن ہوئے لکھا تھا" جلد ہی ایک تصویر بھیجوں گی لیکن وہ کسی ادبی پرچے کے لیے نہیں آپ کے لیے ہوگی"

اس ترتی کا جس نے آج تک تصویر نہیں بھیجی ہے اس سڑک سے کوئی تعلق نہیں ہے۔ میں تو یہ بھی نہیں جانتا ہوں کہ کوئی ایسی ترتی ہے بھی یا نہیں ہے میں نے اسے اپنے اندر جنم دے لیا ہے۔ ذہن میں لا لا کر اسے سوچا سنوارا ہے۔ وہ خاموش رہی ہے تو اس کو گویائی بھی عطا کی ہے اور اس سے بات بھی کی ہے اور جب زمانہ میری طرف بڑھا ہے میں نے چپکے سے ترتی سے کہا ہے جاؤ، میرے سینے میں چھپ جاؤ۔ ذرا میں اس زہر بلانے سے نپٹ لوں۔ اور کیا ـــــ یہ ترتی میری کسی کہانی کا کردار تو نہیں؟

شام بھیگ رہی ہے۔ پرندے وقت سے پہلے واپس ہو رہے ہیں۔ موسم میرے جی کی طرح اُداس ہے۔ مجھے یکایک وہ چوتھا آدمی نظر آتا ہے۔ تھاپ کھایا ہوا پتنگ زمین پر لٹکا ہوا۔ جس کی ڈور کوئی نادان کھینچ رہا ہے۔ میں لپک کر اس کے پاس پہنچ جاتا ہوں۔

"کہاں تھے اتنے دن سے"؟

وہ بمشکل اپنی دُنیا سے باہر آتا ہے۔

مجھے دیکھتا ہے۔ میں مسکراتا ہوں وہ بھی مسکراتا ہے۔ میں اس کا ہاتھ اپنے ہاتھ میں لے کر دباتا ہوں ـــــ وہ مجھے بغور دیکھتا ہے ـــــ پوچھتا ہے۔"آپ کون ہیں ـــــ ؟

میں بھی سوچ میں پڑ جاتا ہوں ـــــ واقعی میں کون ہوں ؟

میرے سارے کردار اگر میری کتابوں سے نکل کر مجھ سے یہ سوال کر بیٹھیں کہ

تم کون ہو؟ تو میں انھیں کیا جواب دوں گا۔ میں انھیں کہوں گا کہ میں نے تمہیں اپنے ذہن میں رکھ کر سوچا ہے۔ کچھ تم سے لیا ہے تو اپنا کچھ تمہیں دیا بھی ہے کبھی کبھی تو میں نے تمھیں راتوں کی نیند دے دی ہے' دن کے ہنگامے دے دئے ہیں۔

لیکن میں اس سے کچھ بھی تو نہیں کہہ پاتا ہوں۔

سرتی اگر مجھ سے پوچھ بیٹھے کہ تم کون ہو؟ تو میں اسے کیا جواب دوں گا۔ زندگی ڈھونے والے یہ کہاں سوچتے ہیں کہ وہ کون ہیں۔ کیوں ہیں۔ اور اگر وہ یہی سوچنے لگیں تو پھر جئیں کیوں کر۔

شاید تخلیق کار تنہا پیدا ہوتا ہے' تنہا جیتا ہے اور تنہا مرتا ہے۔ بالکل خدا کی طرح۔ اس کی دنیا سب کے ہوتے ہوئے بھی کچھ اس کی اپنی ہی ہوتی ہے۔

اور میں سڑک پر بھولے ہوئے قدم اُٹھاتا ہوا چلنے لگتا ہوں ـــــ میرے ساتھ صرف سرتی ہے، وہ سرتی جس کا اس سڑک سے کوئی تعلق نہیں ہے ـــــ اور جو یہ نہیں جانتی کہ میں کب اسے پکار اٹھوں گا ـــــ "جاؤ میرے سینے میں چھپ جاؤ ـــــ میں ذرا زندگی سے نبٹ لوں"۔

▲▲

۱۹۶۸
(الشجاع)

تین پتّھر ڈھونے والا مُسافر٭

ایک مسافر اپنا وطن چھوڑ کر چل پڑا۔
میں نے اپنے ہی سے سوال کیا۔
یہ شخص اپنا وطن کیوں چھوڑ رہا ہے؟
میں یہی سوال اُس مسافر سے بھی کر سکتا —— تو وہ مجھ سے پوچھتا۔
اس لیے کہ میں اپنے وطن میں بھی کیا مسافر نہیں ہوں؟
اور کیا عجب وہ کچھ نہ پوچھتا —— لیکن اگر پوچھ بیٹھتا تو اس کے بعد کیا ہوتا —— میں اسے کیا جواب دیتا۔
میں نے ایسا کوئی سوال اس سے نہیں کیا۔ اس نے نظر بھر کر مجھے دیکھا اور مجھ سے جدا ہو گیا۔
جب وہ چلنے لگا تو دو آدمی اس کے ساتھ ہو گئے۔
میں نے سوچا، اس سے جھوٹ موٹ کہوں کہ نہ جاؤ۔
لیکن اتنے کھُلے جھوٹ کی میری سکت بھی متحمل نہ ہو سکی۔
میرا ضمیر مر چکا تھا —— اور میں اپنے ضمیر کی موت پر مطمئن تھا۔

جی چاہا اس سے اتنا پوچھ ہی لوں ــــ "مسافر عمر کی اس منزل میں تم آخر کس شے، کی تلاش میں نکل پڑے ہو"!

لیکن میں اس مسافر کو جنم جنم سے جانتا ہوں ــــ مجھے معلوم ہے وہ میرے اس سوال کا جواب بھی کیا دے گا۔

وہ مجھ سے کہتا ــــ محبت کی تلاش میں ــــ اور کیا عجیب وہ کچھ بھی نہ کہتا۔ بس مسکراتا۔

مسکرانا اُس مسافر کی زبان تھی ــــ بے اعتنائی سے کوئی پیش آئے تو وہ مسکرا دیتا تھا ــــ اس کے اپنے ہی اس سے بیزارگی کا مظاہرہ کرتے تو وہ مسکرا دیتا تھا ــــ سوال یہ ہے کہ اُس کے اپنے تھے کون ــــ سب ہی تھے۔ اور کوئی بھی تو نہ تھا ــــ جب تک سب اُس کے دست نگر تھے۔ سب اُس کے تھے اور اُس نے سب کو آنکھوں میں بٹھا کر رکھا تھا۔ اور جب مسافر کو سب کی ضرورت ہوئی تو سبھوں نے ایک دوسرے کو بغور دیکھا ــــ انہیں ایک دوسرے کے چہرے پہچانے نہیں جا رہے تھے۔ آخرش سبھوں نے ایک دوسرے کے چہرے سے نظریں ہٹالیں۔ اس ڈر سے کہ ایک دوسرے کے جرم سے آشنا ہو جائیں۔ اور ایسے میں اس مسافر نے ایک زخمی مسکراہٹ اپنے ہونٹوں پر بکھیر لی۔

میں اس کا راز داں تھا ــــ اُس کی مسکراہٹ کی زبان جانتا تھا لیکن اُس زبان میں بات کرنے کی مجھ میں ہمت نہ تھی ــــ وہ سارے لفظ جو ادا نہیں ہوتے ہیں لیکن زبان بن جاتے ہیں ــــ میں نے لفظوں کا سہارا لے کر اُنھیں جھٹلا دیا۔ میرے لیے یہ موقع کتنا سہل بھی تھا اور کتنا جان لیوا بھی ــــ

سب کچھ سمجھ لو لیکن یوں ظاہر کرو جیسے کچھ بھی نہیں سمجھ رہے ہو۔ کون تم سے پوچھے گا کہ آنکھوں کی نمی کیا ہوتی ہے ــــــ کون تم سے پوچھے گا کہ اتنی زخمی مسکراہٹ کو کس طرح تم نے نہیں پہچانا ــــــ اور پھر وہاں آنکھوں کی نمی تھی کہاں ــــــ صرف مسکراہٹ تھی۔ ایسی مسکراہٹ جو آنسو بن جانے کو اپنی اہانت سمجھتی تھی اور میں نے اس مسکراہٹ کو مسکراہٹ سمجھنے ہی میں اپنی عافیت سمجھی ــــــ یہاں تک کہ وہ مسافر مجھ سے جُدا ہو گیا۔

اور جب وہ جا چکا تو میرے دل نے مجھ سے کہا۔

اب یوں گھُٹ گھٹ کر رونے سے فائدہ۔

لیکن میری عقل میرے دل کی ہنسی اڑا رہی تھی ــــــ اور میں کچھ دیر میں اپنی عقل کے ساتھ ہو گیا تھا اور اُس کے ساتھ ہو کر بڑا مطمئن مطمئن سا تھا۔ کسی جھوٹ سے عقل سمجھوتہ کر لے تو آدمی کامیاب یا ناکام جی تو سکتا ہے۔ لیکن جب کوئی دل جھوٹ سے سمجھوتہ کرتا ہے تو زندگی کا کہیں دور دور تک پتہ نہیں ہوتا۔ لیکن میں ان فلسفیانہ خرافات میں خود کو اُلجھانا نہیں چاہتا تھا۔ مسافر جا چکا تھا ــــــ میں خوش نہیں تھا پر مطمئن تو تھا۔

اُف، وہ مسافر کیا آدمی تھا ــــــ وہ تو دو ماہ بعد ہی لوٹ آیا ــــــ میں جب گھر سے چلا تھا تو وہ نہیں تھا ــــــ میں جب رات گئے گھر لوٹا تو وہ منتظر تھا ــــــ اپنی نظریں گیٹ پر جمائے۔ اپنی آنکھیں میرے راستے میں بچھائے ــــــ وہ اس طرح میرا انتظار کر رہا تھا جیسے میں بھی اس کا منتظر رہا ہوں۔ ــــــ وہی دو آدمی اس کے ساتھ تھے۔

جی چاہا اس سے پوچھوں کتنی محبتیں بٹور لائے ہو۔

لیکن میں اپنے ہر سوال کا جواب جانتا تھا۔

وہ مجھ سے کہہ سکتا تھا۔میں نے کچھ بھی نہیں بٹورا لیکن محبتیں مجھ پر نچھاور کی گئیں۔میں تو محبتیں اس زمین پر بٹورنا چاہتا ہوں جس زمین کو میں اس طرح چھوڑ گیا تھا جیسے اس زمین سے کوئی میرا رشتہ نہیں ہے ـــــ اور دیکھو میں لوٹ آیا ہوں۔ اس کے باوجود کہ مجھے محبتیں ملیں ـــــ پھر بھی میں لوٹ آیا ہوں ـــــ اس لیے کہ میرا اس زمین سے کچھ رشتہ ہے۔

میں ڈر رہا تھا ـــــ اور اگر وہ مجھ سے یہ بھی کہہ دے تو ـــــ کہ میں تمہارے لیے لوٹ آیا ہوں ـــــ میرا تم سے بھی رشتہ ہے ـــــ لیکن اس نے ایسی کوئی بات نہیں کی ـــــ اس لیے کہ ایسی کوئی بات وہ زندگی بھر نہیں کر سکتا تھا ـــــ اور ایسی کوئی بات الفاظ بن کر اس کی زبان تک آ سکتی تو وہ اپنی مسکراہٹ کی چادر اوڑھ لیتا ـــــ اپنی مسکراہٹ کی اس زبان کا سہارا لیتا جسے میں سمجھ سکتا تھا اور جسے میں نے سمجھ کر بھی اُسے وداع کیا تھا، جب وہ جا رہا تھا۔

میں اپنی سوچ میں گُم سُم اسے تکتا رہا ـــــ نہ میں نے بات کی نہ اس نے، اور ہم دونوں دیر تک خاموش رہے ـــــ

اور اس مسافر کے دو ساتھی زندہ روحوں کی طرح ہمیں تکتے رہے۔ اور میں ڈھونڈتا رہا کہ اس کی مسکراہٹ کی وہ زبان کہاں ہے جسے میں سمجھ سکتا ہوں۔ لیکن اب اس کے ہاں ایسی کوئی زبان نہ تھی ـــــ

میں بھاگ کر اپنے آپ میں کہیں چھپ گیا۔

اُس نے کوشش بھی نہیں کی کہ مجھے اپنے آپ سے نکالے اور اپنے مقابل کرلے۔
ہم دونوں خاموش تھے۔ بس ایک دوسرے کو دیکھے جا رہے تھے۔
یوں دیکھ رہے تھے جیسے ایک دوسرے کے لیے اجنبی ہوں۔
یوں دیکھ رہے تھے جیسے ہم ایک دوسرے کے کچھ ہوں بھی تو ایک دوسرے کو دیکھتے دیکھتے تھک گئے تھے۔
یوں دیکھ رہے تھے جیسے سب کچھ دیکھتے ہوئے بھی ہم کچھ نہیں دیکھ رہے ہیں۔
اور اس وقت اس مسافر نے اپنے ہونٹوں پر مسکراہٹ بکھیر دی۔
اور میں اس مسکراہٹ میں اس کی اور اپنی زندگی کی تلاش کرنے لگا۔ لیکن زندگی جانے کہاں چھپی بیٹھی تھی۔
اور اس کے بعد میں نے فیصلہ کرلیا ـــــ کیوں نہ اُس شخص کو قتل کردوں جو مجھے نہ چین سے جینے دیتا ہے نہ چین سے مرنے اور جو خود چین سے نہیں جی سکتا مر نہیں سکتا ـــــ اس لیے کہ وہ مجھے چھوڑ کر کچھ نہیں کرسکتا ـــــ میرے بغیر نہ اُسے ڈھنگ سے مرنا آتا ہے نہ ڈھنگ سے زندہ رہنا۔
جب میں نے یہ فیصلہ کرلیا کہ اُسے قتل کردوں گا۔
تو میں نے بڑی محبت سے اپنے پاس ٹھہرا لیا۔
راحتوں کے نام پر اُسے زمانے بھر کی بے قراری دی۔
ایک بار جب اس نے کہا کہ یہ پڑھو اور اپنی ہی تحریر آگے بڑھا دی تو میں نے اس تحریر کو کبھی قریب کرکے دیکھا کبھی دور کرکے لیکن مجھ سے کچھ پڑھا نہ گیا۔
اُس نے مجھ سے کہا، عینک حاضر ہے ـــــ اور اپنے دونوں ہاتھوں میں رکھ کر میرے

آگے اپنی عینک بڑی محبت سے پیش کی ـــــ جیسے مجھے بینائی عطا کر رہا ہو۔

لکھا تھا ـــــ مجھے وہاں دفناؤ جہاں تم دفن ہونا چاہتے ہو۔

میں نے کبھی مسافر سے کہا تھا ـــــ وہ جگہ اُس کی ہوگی جو پہلے جائے گا۔

لیکن ایسی کوئی بات میں نے مسافر سے اس بار نہیں کی ـــــ اور اس لیے نہیں کی کہ شاید میں جانتا تھا کہ کون خوشی سے پہلے جائے گا۔ کیوں کہ مسافر کی عینک میری آنکھوں پر چڑھی ہوئی تھی اور میں اُس کے دل کو اسی کی آنکھوں سے پڑھ رہا تھا ـــــ

میں نے بات کی اہمیت کو گھٹانے کے لیے صرف اتنا کہا۔

وقت فیصلے خود کرے گا۔

بس ایک مسکراہٹ ایک پوری شخصیت بن کر میرے سامنے کھڑی ہوگئی اور اس مسکراہٹ نے کہا تمہیں اپنا سب کچھ تج کر پالا پوسا تھا اب تمہارے انتظار میں ہوں کہ تم کیا کرتے ہو؟

اور یہ بات اُن مسافروں نے بھی سُن لی جو اس کے ساتھ تھے۔

اور اس کے ساتھ جو دو مسافر تھے ان میں ایک میری ماں تھی اور ایک میری اپاہج بہن۔

اور جب اس کی مسکراہٹ کی زبان میرے سواد و گھروں نے بھی سمجھ لی تو میں نے اس جُرم کو اپنے اندر کھوجنا شروع کیا جو مسافر کے قتل کے درپے تھا۔ لیکن وہ مجھے کہیں نہیں ملا۔

ـــــ وہ اس بار پھر کہیں چھپ گیا تھا۔

میں تو یہ چاہتا تھا کہ یہ زبان میرے سوا کوئی اور نہ سمجھ سکے لیکن اب یہ زبان دھیرے دھیرے عام ہو رہی تھی جو شاید مجھے گوارا نہ تھا۔

میں اپنی سوچ میں گم ہو گیا اور سوچ کی یہ عمر میری اپنی عمر سے کہیں طویل تھی۔

اور جب اپنی سوچ سے اُبھر کر میں چونکا تو میں نے دیکھا ـــــ کتنے ہی قاتلوں کو زمانہ سینے سے لگائے رکھتا ہے۔ اُن کے آگے جُھکتا ہے۔ اُنھیں قاتلوں میں سے میں بھی ایک ہوں۔ میں نے ہی اپنے بے پناہ چاہنے والے باپ کو قتل کیا ہے۔ اس اعترافِ جُرم کے بعد بھی کون سی عدالت ہے جو مجھے سزا دے گی ـــــ اتنی سچی عدالت کوئی ہے بھی۔ اور اگر ہے تو میں کہوں گا اِن حالات کو بھی شریکِ جُرم ٹھہراؤ۔ جنھوں نے میرے باپ کے قتل میں میری اعانت کی ہے۔ ان حالات کے سر دو آدمیوں کا خون ہے۔

میرا بھی، میرے باپ کا بھی۔

میں اپنے باپ کو جنھیں میں باباجان کہہ کر پکارتا تھا ـــــ اپنے بڑے بیٹے کے برابر دفنا آیا ہوں ـــ لیکن ان سفّاک حالات نے مجھے قتل کر کے دفنانے کی بھی زحمت نہیں کی اور مجھ کو ہر موڑ پر زندگی سے آنکھ چرا کر نکل جانے کے لیے چھوڑ دیا۔

لیکن وہ مسافر بھی عجیب تھا ـــــ جلتے جاتے وہ مجھے تین پتّھر سونپ گیا۔

یہ مٹھے کے وہ پتّھر جو آنگن میں پڑے ہیں۔

اُس کی مسافرت کی آخری نشانی۔

سوچتا ہوں۔

ایک پتّھر میری ماں کی قبر کے لیے ہے۔

ایک پتّھر میری اپاہج بہن کے لیے۔

اور ایک پتّھر میری اپنی قبر کے لیے۔

لیکن کیا معلوم زمانہ ہمیں یہ پتّھر بھی دے گا کہ نہیں ـــــ ؟

۱۹۶۸
(ہم زبان)

کاٹا ہوا نام

میری پوسٹنگ جنرل ہاسپٹل کے (ADMISSION SECTION) کے انسپکشن افسر (INSPECTION OFFICER) کی حیثیت سے عمل میں آئی ہے۔ میں پندرہ روز سے ٹھیک آٹھ بجے شب کو اپنی ڈیوٹی پر آرہا ہوں۔ گویا جب رات جاگنے لگتی ہے۔ سڑکوں، دوکانوں، سینما ہالوں اور تماشا گاہوں میں آدمیوں کا سیلاب رواں ہوتا ہے تو میں بھی اسی بھیڑ بھاڑ سے ہو کر گزرتا اور بہت سی نرسوں، وارڈ بائز اور آیاؤں کے ہمراہ جنرل ہاسپٹل کے گیٹ میں داخل ہوتا ہوں اور دواخانے کی عمارت میں پہنچتے پہنچتے سارا ماحول یکسر بدل جاتا ہے۔ مجھے تعجب ہوتا ہے کہ وہ جو کچھ میں محسوس کرتا ہوں وہی سب کچھ میرے دوسرے ساتھی کیوں نہیں محسوس کرتے۔ جو میرے ساتھ ڈیوٹی کرتے ہیں۔

پمی کے جوڑے کے پھولوں کی شگفتگی آخر مجھے کیوں کھلتی ہے۔ ریمبا اگر اتنا سینٹ لگاتی ہے کہ پاس سے گزرنے والا ڈاکٹر اس کی طرف متوجہ ہوئے بغیر آگے نہیں جا سکتا تو اس میں میرے لئے دُکھ کا کون سا پہلو نکل آتا ہے۔

کینٹن کی سپلائی گرل سے میل نرس راجن پینگ بڑھاتا ہوا دیکھا گیا ہے۔

تو اس میں میرے اداس ہونے کی کیا بات ہے۔ مجھے تو لیڈی ڈاکٹروں کے ہونٹوں پر لپ اسٹک بھی کھل جاتی ہے اور یہ پاگل پن نہیں تو اور کیا ہے۔

قہقہہ لگا کر کوئی کسی وارڈ میں کس طرح ہنس سکتا ہے جب کہ کتنے ہی مریض کراہنے کی سکت بھی نہیں رکھتے۔ لیکن لوگ ہنستے ہیں تو میرا کیا بگاڑ لیتے ہیں۔ یہ ساری باتیں سوچنے کے لئے میری تعیناتی یہاں نہیں ہوئی۔ میرا کام تو صرف اتنا ہے کہ انھیں اس حرکت پر ٹوک دوں کہ وہ شور نہ مچائیں۔ رہ گئی یہ بات کہ یہ سب کچھ ہو کیسے سکتا ہے تو میں کون ہوں جو یہ سوچوں۔

ہاں ایک بات ضرور ہے۔ دواخانے میں وہ انسان مجھے نہیں ملا جس کی میں تلاش میں ہوں۔ خدا ضرور ملتا ہے بلکہ یوں لگتا ہے کہ دواخانے میں خدا کی ضرورت ہے اور اسے دواخانے سے نکال باہر کرنا شاید ابھی انسان کے بس میں نہیں ہے۔ ڈیوٹی افسر نے مجھ سے کہا تھا۔ تمھارا قدم سعد ہے رائے۔ جب سے تم آئے ہو اموات کی شرح کم ہے ــــــ مجھے یہ سن کر خوشی نہیں ہوئی تھی بلکہ میں کانپ کر رہ گیا تھا ــــــ اور اگر اموات کی شرح بڑھ جاتی تو ــــــ نہ کمی میں میرا کوئی حصّہ ہے نہ اضافہ میں۔ لیکن کیا ڈاکٹر دوسری صورت حال کو بھی میرے نام سے منسوب کر دیتا۔

وارڈ نمبر ۲ کے بڈ نمبر ۲۱ کا مریض مر گیا تھا۔ نوجوان آدمی۔ اس کا باپ اور اس کا دادا اس کی لاش کے ساتھ تھے۔ جب لاش بند کیر یر میں میرے پاس لائی گئی تو میں نے فوتی رجسٹر کھولا۔ خدا ہی جانے ایسے کتنے صداقت نامے مجھے دینے پڑیں گے۔ مریض کی عمر سن کر میرے ہاتھ کانپ گئے۔ ۲۴ سال ــــــ اور بیماری

"اونہہ، کچھ بھی لکھو صاحب۔ خانہ پُری جلدی کرو ـــــ میری ڈیوٹی بدل رہی ہے۔"

یہ وارڈ بوائے تھا جو میرے سامنے کھڑا مجھ سے کہہ رہا تھا ـــــ "ہاتھ جلدی جلدی چلاؤ صاحب!"

"ہاں بھئی سیکھ جاؤں گا آہستہ آہستہ!" میں وارڈ بوائے کو جواب دیتا ہوں۔"

میرا ذہن ادھر ادھر بھٹک رہا تھا۔ جانے کیا کیا الم غلم سوچ رہا تھا ـــــ جوں توں کرکے میں نے انٹری کی اور جھپٹ کر صداقت نامہ وارڈ بوائے نے لے لیا۔

اُس نے سورچری میں لاش پہنچادی اور لوٹ کر کہا ـــــ "کیا صاحب پیٹ پر مٹی ڈالتے ہو۔ سرٹیفکٹ میرے ہاتھ میں دیا کرنا۔ کچھ دام کھرے کرلیتا ہوں۔

دام کھرے کرتے ہو ؟ !

ہاں صاحب بس یہی انعام اکرام۔

انعام اکرام! مرجانے کی خوشی میں۔ ؟

یہ دواخانہ ہے صاحب۔ یہاں آدمی زندہ رہے گا یا مرجائے گا۔ تیسری کوئی صورت تو ہے نہیں۔ یہاں نہ کسی کی شادی ہوگی۔ نہ تسمیہ خوانی۔ نہ روزہ کشائی ـــ نہ کسی کامیابی پر گل پوشی۔ پھر ایسے میں کیا ہی کیا جاسکتا ہے، مریض صحت پاجائے تو صحت پانے کا انعام ـــــ مریض مرجائے تو مرجانے کا انعام۔

اس نے اس خشونت سے بات کی جیسے میں اس کے حقوق تلف کرنے کے درپے ہوں ـــــ میں اس کا منہ تکتا رہ گیا۔

ہفتہ بھر پہلے ایک عورت پاس کے وارڈ میں داخل ہوئی ہے ـــ اُس کا شوہر

روز دو دو بار دواخانہ کا چکر لگا جاتا ہے۔ بے حد خاموش اور کم گو آدمی ہے۔ شروع شروع میں جب عورت کی طبیعت خراب تھی میں نے اس کو رات رات بھر کرسی پر پاس بیٹھے ہوئے دیکھا ہے ___ وہ جانتا ہے کہ میں رات کو وارڈ میں اس کی موجودگی پر معترض ہو سکتا ہوں ___ لیکن میں نے کبھی اُس کو نہیں ٹوکا ___ اس نے کبھی میرا شکریہ ادا کرنے کی زحمت نہیں کی ___ جب کبھی اس سے نظریں ملیں اس نے بھی نظریں جھکالیں، میں نے بھی ___ لیکن اب اس کی بیوی اچھی ہو رہی ہے ___ بیحد ہنس مکھ اور قبول صورت عورت ہے۔ باتیں بہت کرتی ہے اور اس سے زیادہ ہنستی ہے۔ اس کا شوہر اس کی ضد ہے۔ وہ باتیں بہت کم کرتا ہے اور کبھی نہیں ہنستا ___ میں دونوں میں دلچسپی لینے لگا ہوں ___ یہ جو ایک دوسرے کی ضد ہیں ان کی زندگی میں قرب کے کتنے فاصلے ہوں گے۔ لیکن پرسوں دن کے اُجالے میں کھڑی دوپہر کی چلچلاتی ہوئی دھوپ میں میں نے ایک عجیب بات دیکھی ___ اتفاق سے میری دن کی عارضی ڈیوٹی کا یہ دوسرا دن تھا ___ وہ پورٹیکو کے پیچھے باڑھ میں چھپا ہوا رو رہا تھا۔ میں قریب سے گزرتے گزرتے ٹھٹک گیا ___ اس کو پہچان کر میں نے یوں ظاہر کیا کہ جیسے میں نے اُس کے آنسو نہیں دیکھے ___ اس نے اپنی آنکھوں پر عینک چڑھا کر مجھے اندھا بنانے کی کوشش کی جیسے اُس کے عینک چڑھا لینے سے میری نیتنک اُتر جائے گی ___ میں نے سلام کر کے پوچھا ___ "کیسی ہیں؟"

اُس نے مسکرا کر کہا ___ بالکل اچھی ہیں۔ شکریہ"۔

میں نے کم ہی ایسی زخمی مسکراہٹ دیکھی تھی۔ خاموش ہو رہا اور آگے بڑھ گیا۔

کل صبح جب میں ڈیوٹی پر آیا تھا تو مجھے دو باتوں نے اچنبھے میں ڈال دیا تھا۔

مجھ سے شکایت کی گئی تھی۔ بیڈ نمبر دس کے مریض کو پچھلی شام نہ موسمبیاں دی گئیں، نہ انڈا، اور دودھ بھی مقدار سے کم دیا گیا۔ ایک اور شکایت کسی اور بیڈ کی تھی۔ نمبر مجھے یاد نہیں۔ اور وہ یہ تھی کہ رات کو جو انجکشن مریض کو لگایا جانا چاہیے تھا وہ نہیں لگایا گیا اور بجائے ایک کے دو گولیاں نیند کی دی گئیں۔ BED

میں نے کیس، شیٹ نکالی —— دیکھا تو ہدایتیں واضح تھیں۔ اور عمل وہ نہیں کیا گیا تھا جو شیٹ میں درج تھا۔ لیکن میں اس کیس کو ہاتھ میں نہیں لے سکتا تھا کیونکہ جس وقت انجکشن بچایا گیا تھا اُس وقت ڈیوٹی میری نہ تھی —— میں نے "کمپلینٹ بک" میں شکایت درج کی اور نرس کے حوالے کر دیا کہ متعلقہ انسپکشن افسر کو دے دے —— بیڈ نمبر دس کی موسمبیوں، انڈے اور دودھ کے متعلق مجھے بعد میں معلوم ہوا کہ یہ وارڈ ہائے اور "ڈائیٹ سپلائز"، دونوں کے کرشمے ہیں —— میں نے مریض سے خود بات چیت کی۔ اس نے ڈرتے ڈرتے بتایا کہ کوئی ایک ہفتے سے ایک دن چھوڑ اس کی غذا کسی نہ کسی بہانے سے اسی طرح ٹالی جا رہی ہے ——

میں نے پوچھا کہ پھر تم نے اپنی شکایت میں یہ کیوں نہیں بتلایا —— مریض کہنے لگا —" شکایت میں نے نہیں کی۔ میرے بیٹے نے کی ہے صاحب —— جوانی کا خون ہے —— معاف کر دیجئے اسے —— پانی میں رہ کر مگروں سے بیر۔"

میں نے بڈھے کو سمجھانے کی کوشش کی کہ اس کے بچے نے جو کچھ کیا ہے درست کیا ہے۔ لیکن وہ برابر مجھ سے معافی چاہے جا رہا تھا۔

بس پھر سوچ میں پڑ گیا ہوں —— اس واقعے سے اُس آدمی کا کوئی تعلق نہیں ہے جو مجھے باڑھ کے پاس آنسو چھپاتا ہوا ملا تھا اور جس کی بیوی

خوب صورت بھی تھی ہنس مکھ بھی اور اب تو تیزی سے صحت مند بھی ہو رہی تھی۔
—— کیا اُس کی بیوی کو بھی لکھی ہوئی دوائیں اور غذا حسب ہدایت نہیں دی جا رہی ہیں؟

یہ سوال میرے ذہن میں منٹ بھر کے لیے ابھرا لیکن خود میں نے ہی اس کی تردید کرلی۔ اس کی بیوی تو ڈاکٹروں میں بےحد مقبول ہے۔ کتنی ہی لیڈی ڈاکٹروں سے بھی اس کی جان پہچان ہے۔ نرسیں اور وارڈبوائے سب ہی بطور خاص اس کا خیال رکھتے ہیں —— وہ تو نرسوں اور وارڈبوائے پر دھونس جماتی ہے کہ ڈاکٹر صاحب سے شکایت کردوں گی۔ اور صاحب سے کہہ کر تادیبی کارروائی کرواؤں گی —— ویسے اس کی اہمیت کو جاروب کش اور آیا سے لے کر ہیڈ نرس تک سب ہی جان گئے ہیں کہ وہ مریضہ ڈاکٹروں کی منہ چڑھی ہے۔ اور پھر یوں بھی وہ سب ہی سے ہنس کر بات کرتی ہے —— ہنسنا اس کی سرشت ہے اور بات کرنا اس کی فطرت۔

ادھر کچھ دنوں سے میں بھی اس میں دلچسپی لینے لگا ہوں —— اس کے باوجود مجھے اُس کے شوہر سے ڈاکٹر منہاج کا سلوک اس دن کچھ عجیب سا لگا تھا بلکہ ایک حد تک تکلیف دہ۔

پہلے تو ڈاکٹر صاحب نے اس کا سلام نہیں لیا تھا۔ —— مجھے اچنبھا ہوا جب انھوں نے رعونت سے، مُنہ پھیر لیا۔ لیکن اِن دنوں اس کی بیوی کی طبیعت زیادہ ہی خراب تھی۔ ڈاکٹر تن دہی سے اسے اٹنڈ کررہے تھے۔ اس کا شوہر بڑا پریشان تھا۔ —— نظرانداز کئے جانے کے بعد بھی میں نے اُس کو ڈاکٹر منہاج کے پیچھے لپکتے ہوئے دیکھا —— پھر میں نے یہ بھی دیکھا کہ ڈاکٹر نے اسے بڑی بےرحمی سے جھڑک دیا ہے اور

وہ اپنی بغل میں دبی ہوئی کتابیں بڑی مشکل سے گرنے سے بچا سکا ہے ——

مجھے اس شخص پر ترس آرہا ہے۔ اس شخص پر جس سے کہ میں اب تک دل ہی دل مرعوب رہا ہوں۔ وہ اپنی ساری کتابیں جلا کیوں نہیں دیتا —— سنا ہے وہ بڑا نامی ادیب ہے لیکن یہ بھی سنا ہے کہ وہ کسی دفتر کا کلرک ہے۔ میں سمجھتا ہوں وہ کلرک بڑا ہے اور ادیب بہت چھوٹا۔ بلکہ میں تو یہاں تک سمجھتا ہوں کہ کوئی کلرک کسی ادیب کو اپنے وجود میں زندہ رہنے نہیں دیتا —— لیکن اس کے باوجود میں اس سے مرعوب کیوں ہوں۔

ابھی ابھی ایک وارڈ بوائے پورٹیکو کی طرف دوڑتا ہوا نظر آیا تو میں نے اس کو روک کر اس جلد بازی کی وجہ پوچھی —— اس نے جواب میں ایک راشن کارڈ میری طرف بڑھا دیا —— وہ لوگ بھول گئے ہیں جو ابھی ابھی باڈی کیریر میں لاش لے گئے ہیں —— اور وہ لاش لے جانے والوں کے پیچھے بھاگا جو شاید فوری سواری نہ ملنے سے مُردہ خانے کی طرف چلے گئے تھے۔

میرا سر درد کرنے لگا ہے —— ایک گولی نے بھی کچھ اثر نہیں کیا جسے کھائے بیس منٹ ہو چکے ہیں۔ گرم چائے کے لئے میں نے گیٹ تک چلے جانا ہی مناسب سمجھا ہے ویسے کینٹین سامنے ہے لیکن یہاں کی چائے مجھے کچھ بھاتی نہیں —— اُلٹے بعض منظر دیکھ کر تکلیف سی ہوتی ہے۔

ایک دن میرے ساتھ یہی تو ہوا تھا —— میرے ساتھ کچھ بھی نہیں ہوا۔ بس میں ہی ہر چیز میں انسانی قدریں ڈھونڈنے کا بیوقوفی کی حد تک جو عادی ہو چکا ہوں۔ اس مریض لڑکے کو میں جانتا تھا اور جانتا اس طرح تھا کہ مہارانی

صندل سوپ، ریمی سینٹ، پرفیوم ڈائی، بروپنسل اور اسمگل کی ہوئی فرنچ الپ اسٹک کا تحفہ اپنی چہیتی نرس کو دینے کے بعد وہ یک لخت بھول گیا کہ اس نے یہ چیزیں نرس کو دے دی ہیں اور نہا دھو کر حمام سے آیا تو لگا شور و غل مچانے کہ اس کی چیزیں کھو گئیں۔ اس کی محبوبہ دل نواز اپنی ڈیوٹی ختم کر کے منغنی زیب تن کئے نکلنے والی ہی تھی کہ اُس کو اس شور و غل کا پتہ چلا۔ وہ نرسس کوارٹرس سے دوڑی دوڑی آئی۔ اس نے اپنے عاشق لڑکے کو ڈانٹا۔

وہاٹ اے سلی چیپ یو آر WHAT A SILLY CHAP YOU ARE (کتنے ناسمجھ لڑکے ہو تم) بے ضرورت چیخ پکار کر رہے ہو۔ تم نے وہ چیزیں دے دی ہیں۔

"کب دے دی ہیں"؟ مریض عاشق نے ہنس کر خفت مٹاتے ہوئے پوچھا۔

"کیوں دی نہیں ____ اب تم مجھ سے یہ بھی پوچھو گے"!

اور وہ بالکل جھینپ گیا اور پالتو کتے کی طرح دُم ہلانے لگا۔ وہ دم جو اس کے نہ تھی اور جو ہوتی تو ہلتی ہوئی صاف طور پر نظر آتی۔

اور اب نرس، مریض عاشق کو دوائی کے بجائے ڈانٹ پلا کر نکلی تو کینٹین میں نئے ڈاکٹر کے استھسکوپ سے اسی کے دل کا معائنہ مسکرا مسکرا کر کر رہی تھی۔ یہ ڈاکٹر کالج سے حال ہی میں ڈگری لے کر پریکٹیکل ٹریننگ کے لئے یہاں متعین کیا گیا تھا.... کیک پیسٹری کھارے میٹھے بسکٹ اور گولڈ اسپاٹ کا بل ادا کرنے کے بعد، اس نرس نے ادائے دلبری سے اپنی سیٹ سے اچھل کر پھر استھسکوپ ڈاکٹر سے جھپٹ لیا اور اس کے دل کا پھر سے معائنہ کرنے لگی۔

تمھارا دل نارمل۔ کینٹین کے بل کا ابھی اس پر کوئی اثر نہیں ہوا۔ یہ کہہ کر وہ ہنسنے لگی

اور ڈاکٹر نے ادھر اُدھر دیکھ کر پارٹیشن کا دروازہ برابر کر لیا۔ اور یہ منظر میری آنکھوں سے اوجھل ہو گیا۔ لیکن کچھ ہی ثانیوں کے بعد اسپرنگ کی خرابی کے سبب دروازہ پھر کھلا تو نرس اور ڈاکٹر جدا ہو گئے — جب چلنے لگے تو نرس نے ڈاکٹر سے کہا۔

مجھے یہ سینٹ لاوونلہ یہ میرا فیورٹ FAVOURITE ہے۔

لیکن تم کو یہ کس نے دیا تھا۔ ڈاکٹر نے شرارتاً پوچھا۔

کیوں۔ یہ میرا اپنا پرائیوٹ معاملہ ہے اور تم رائے ولری RIVALRY میں جل گئے ہو — ڈونٹ وری ہارٹی — وہ بیچارہ بڑا ہارم لس ہے۔ مریض لور — یعنی بیتی۔ پیشنٹ عاشق — کسی طرح بھی تمہارا راؤل نہیں ہو سکتا۔ دیکھو نا اس نے کتنی پیاری چیزیں مجھے دی ہیں۔ پور بائے — اور میں نے —۔ اس کے بدلے میں ایک کسا KISS بھی اب تک اسے نہیں دیا — یہ بات ذرا راز داری میں نرس نے ڈاکٹر سے —

آنسوؤں کے بالکل برابر قہقہے رکھے جا سکتے ہیں۔ کسی مرنے والے کے بستر کے بالکل پاس بیٹھ کر فلمی گیت گنگنایا جا سکتا ہے جس میں یا ہو کی آواز ذرا دب گئی ہے۔ لاش لے جانے والے۔ بند کیریئر کے برابر سے کوئی منچلا سیٹی بجاتا ہوا بہ آسانی گزر سکتا ہے مہکتے زخم کو پوڈر اور سینٹ کی خوشبو یہاں اس قدر آسانی سے چھپا سکتی ہے کہ خون کے دہکتے گلاب کے سرخ پھولوں کی طرح دکھائی دیتے ہیں۔ جن پر بیتتی ہے سو بیت جاتی ہے اور جنھیں خبر نہیں ہوتی سو بہرحال نہیں ہوتی۔ یہاں ہر سکون، ہر بے اطمینانی کے منہ پر تھوک کر گزر جاتا ہے۔ یہاں غم اور خوشی کی سرحدوں کے درمیان اتنا لمبا فاصلہ ہے کہ دونوں سرحدوں پر کھڑے ہوئے آدمی نہ ایک دوسرے کو دیکھ سکتے ہیں نہ ایک دوسرے کی آواز ہی سن سکتے ہیں۔ یہاں حال بہت ملتا جلتا ہے لیکن بڑا سہما سہما، ڈرا ڈرا، دلوں میں بند جیسے زنار تار اس کی بس میں ہو دھلانا اس کے بس میں۔

اور اس ماحول میں معمول کے مطابق میں رات کی ڈیوٹی کر رہا تھا۔

آج دو مریض صحت پاکر میرے ہاتھ ڈسچارج ہوئے تھے۔ ان میں ایک میرا دوست تھا۔ اس نے جاتے ہوئے جاپان کا ایک خوب صورت سگریٹ کیس مجھے تحفہ دیا تھا جس میں لائٹر مکس تھا اور اس میں آٹھ گولڈ فلیک سگریٹ تھے۔ میں اسی کا سگریٹ اسی کے لائٹر سے جلا رہا تھا کہ بے ہوشی کے عالم میں آوٹ پیشنٹ سکشن سے ایک کیس داخلہ کے لئے لایا گیا۔ اس شخص نے نیند کی گولیاں کھا کر خودکشی کی کوشش کی تھی۔ اور آپ کو یہ جان کر حیرت ہوگی کہ یہ وہی شخص تھا جو ہنس مکھ مریضہ کا کبھی نہ مسکرانے والا صحت مند شوہر تھا جو پابندی سے دواخانہ آتا تھا۔ جس سے دل ہی دل میں میں مرعوب تھا اور جس کو میں نے ڈاکٹر منہاج کے سلوک پر چھپ کر روتے ہوئے بھی دیکھا تھا۔ کیا مجھے یہ بھی بتا دینا ہوگا کہ اُس کو اس عالم میں دیکھ کر میں نے عجیب طرح کی خوشی محسوس کی۔ ڈھکی چھپی خواہش یہ تھی کہ وہ مرجائے لیکن کیوں یہ میں جانتے ہوئے بھی نہیں جاننا چاہتا تھا۔ میں اس خواہش کے خلاف کہ وہ مرجائے اپنے اندر ہی اندر احتجاج کر رہا تھا۔ لیکن کوئی چور تھا جو سینے میں جگنو کی روشنی بن جاتا۔

دوسرے دن رپورٹ ملی کہ وہ بچ گیا ہے۔

بند کیریر میں کوئی لاش جلنے لگی تو میں نے بے دلی سے فوتی صداقت نامہ چاک کر دیا۔ جھنجھلا کر جب میں نے صداقت نامے پر لکھے ہوئے مرحوم کے نام کو قلم زد کیا اور صحیح نام لکھا تو کاٹا ہوا نام اس شخص کا تھا جس کی بیوی بڑی ہنس مکھ تھی جس سے میں مرعوب تھا۔ جس کو میں نے ڈاکٹر منہاج کے سلوک پر ——

۱۹۶۸
(کتاب۔ لکھنؤ)

آئینہ، خضاب اور قاتل

وہ میری میز پر خلافِ معمول کوئی جملہ کہے بغیر چُپ چاپ سا آکر منٹ بھر کے لئے کھڑا ہو گیا تو مجھے دھچکا سا لگا۔

یں تو اس کی آمد کے ساتھ ہی اس کے حملے کے لئے تیار ہو جاتا تھا۔ اس کو یوں کھڑا دیکھ کر میں نے کہا "بیٹھ جاؤ"۔

اس نے کرسی بے دلی سے گھسیٹ لی اور بیٹھ گیا۔

میں نے کہا۔ "تم پہلی بار مجھے کسی مجرم کی طرح نظر آتے ہو!"

وہ چونکا ـــــ اس نے کہا ـــــ "رونا یہی ہے کہ میں مجرم نہیں ہوں"۔

پھر یہ سب کچھ کیا ہے۔ تم کس عالم میں ہو۔ میرے آگے اس طرح کھڑے تھے جیسے کسی منصف کے سامنے کوئی مجرم کٹہرے میں کھڑا ہو۔

اس نے ایک مہیب قہقہہ لگایا۔

ایسا قہقہہ جس نے اطراف کی میزوں پر کتنوں ہی کو اپنی طرف متوجہ کیا۔

اس وقت میں نے دیکھا۔ اس کی انا۔ اس کا پندار ا س کے سارے دخار پست فلسفوں نے ایک زندہ وجود کی شکل اختیار کر لی ہے اور یہ سب کچھ ایک ڈرامے کی طرح

میری آنکھوں کے سامنے ہوتا رہا۔

میں اس غیر متوقع قہقہے کا متحمل اس لئے نہ ہو سکتا تھا کہ اس کی آمد کے بعد جو روپ اس نے دیا تھا وہ بھی میرے لئے غیر متوقع تھا۔

تم اس قہقہے کے سہارے خود کو سنبھال رہے ہو۔

دراصل بات یوں تھی کہ اس کے قہقہے کے سہارے میں خود کو سنبھال رہا تھا۔

اس نے مجھے مزید کچھ کہنے کا موقع دئے بغیر بالکل راست بات کی۔

کوئی تھا، جو میرا واحد منصف ہو سکتا تھا اور وہ تھا میرا ضمیر لیکن کیا تم مجھے بتا سکتے ہو کہ کتنے آدمی اپنے ضمیر کے سہارے زندہ ہیں۔ رہ گئے تم ___ تم اسی زمین اسی دنیا اسی سماج کے ایک فرد ہو۔ ادنیٰ فرد یا اعلیٰ فرد۔ یہ قدریں اضافی ہیں۔ میں تمہیں کہاں منصف قرار دوں گا۔ جب کہ تم سے مل کر مجھے یوں محسوس ہوتا ہے کہ تم خود اپنی خود ساختہ ادبی شخصیت کے مجرم ہو۔

میں بھی اس سے انتقام لینے کے لئے خود کو ذہنی طور پر تیار کر چکا تھا ___ میں نے چھوٹتے ہی کہا۔

تو تم آج اپنے ضمیر کو کہاں دفنا آئے ہو"۔

اس نے کرسی قریب کھینچ کر جیسے بر میمیون کے لئے" تان لیا۔

" اسی بات کا تو رونا ہے کہ میں اپنے ضمیر کا مجرم نہیں ہوں"۔

لیکن میں نے محسوس کیا ہے کہ سفاک حالات سب سے بڑے منصف ہیں۔

حالات جن کا میں گنہ گار نہیں ہوں لیکن جنھوں نے مجھے مجرم بنا دیا اور میں چاہتا ہوں کہ اس شخص کو قتل کر دوں جس نے میری عمر کے چالیس سال سچائی کے نام پر

برباد کردے۔

مگر وہ آدمی آسانی سے مرنے والا نہیں۔

میں جانتا ہوں ــــ لیکن میں یہ بھی جانتا ہوں کہ اس کی موت میری زندگی کے لئے ضروری ہے۔

اور تم یہ بھی جانتے ہو کہ چالیس سال تم نے اس آدمی کی بڑی چاؤ اور بڑے جتن سے پرورش کی ہے جس کا تم آج گلا گھونٹنے کے درپے ہو۔

ہاں ٹھیک ہے۔ اس کے باوجود میں وہ سب کچھ کر گزرنا چاہتا تھا۔ جو میں نے سوچا ہے۔

لیکن تم اس کو کس طرح قتل کروگے۔؟

میں اس کی ہنسی اس کو واپس دلا دوں گا جو اس سے چھین لی گئی ہے۔ میں اس غم کی دھجیاں بکھیر دوں گا جو ہر سچائی کے جھوٹ کے ہاتھوں قتل ہو جانے پر اسے ملا ہے۔

صداقتیں زندہ کہاں ہیں ــــ صداقتیں تو جنم لینے سے پہلے ہی مر جاتی ہیں۔ کیا وہ اتنا بے وقوف ہے کہ اتنی سیدھی سی بات بھی نہیں سمجھتا۔ پھر وہ کن صداقتوں کے بل بوتے پر خود کو گھسیٹ رہا ہے ــــ میری سنو ــــ اس کو اپنے حال پر چھوڑ دو ــــ اسے دنیا کچھ بھی دے گی، کچھ بھی نہیں اور وہ اپنی موت پر آپ مر جائے گا۔

تم بکواس کرتے ہو ــــ تم سے اس کی تڑپ نہیں دیکھی جاتی تو تم اپنی آنکھیں بند کرلو۔ تمہارے کان اس کی چیخ سننا نہیں چاہتے تو اپنے کانوں میں انگلیاں

ٹھونس لو اور اسے سسک سسک کر مرنے دو۔ اس لئے۔ اس لئے بھی کہ اگر تم اس کو مار دو گے تب بھی تم چین سے زندہ نہیں رہ سکو گے۔

تم کون ہو—— تم کون ہوتے ہو جو اس کی حمایت پر تل گئے ہو۔ تم کون ہو جو مجھے بزدل کی حد تک مایوسیوں کی کھائی میں پھینک کر مجھ پر ہنسنا چاہتے ہو۔

جاؤ قدِ آدم آئینے کے سامنے کھڑے ہونے کی ہمت کرو۔ تم اپنے لباس کے باوجود مجھے ننگا دیکھ سکو گے۔ میں وہی ہوں جسے تم قتل کرنا چاہتے ہو۔ مجھے دیکھو۔ کیا میری موت اتنی آسان ہے۔

ہاں اتنی مشکل بھی نہیں۔ میں کہاں تمہیں ہمیشہ کے لئے ختم کر رہا ہوں۔ میں تو یہ چاہتا ہوں کہ تم زندہ رہو بھی لیکن دنیا تمہیں بالکل بدلا ہوا محسوس کرے۔ اور تم بھی دنیا کو برتنے کے طریقے بدل دو۔ تمہارا نرم مزاج، تمہاری ٹھنڈی فطرت، تمہاری اداس محبتیں، تمہاری بے مقصد وفائیں، تمہارا وہ دل جو دنیا کا درد سمیٹ لینا چاہتا ہے۔ میں ان ساری مہمل اشیاء کو بیچ بازار میں نیلام کر دینا چاہتا ہوں۔ یہ سارا مال و متاع کوڑی کے کام کا نہیں ہے —— تم چالیس سال کے سفر میں جس کو زادِ راہ سمجھتے رہے ہو وہ اتنا پوچ ہے اتنا بے مایہ کہ اس جنس کا کوئی خریدار نہیں۔—— تم نے دیکھا تمہیں زمانے نے کہاں پھینک دیا ہے۔

تم یہ سب کچھ مجھ سے کس طرح چھین لو گے۔ میں بہت دکھی ہو جاؤں گا۔ بہت دکھی۔ اس سے تو بہتر ہے —— اس سے تو بہتر ہے کہ تم مجھے مار ہی ڈالو۔

نہیں —— اس میں تمہاری ہار ہے۔ یہ شکست خوردگی ہے۔ میں تمہیں اس لئے مارنا چاہتا ہوں کہ تم زندگی پر ہنس سکو۔ کیا زندگی آج تم پر ہنس نہیں رہی ہے۔ میں تمہیں بہت احتیاط سے ماروں گا۔ میں تمہیں ایسے زخم لگاؤں گا کہ خون کی ایک بوند بھی نہ ٹپکے گی۔ میں تمہیں اس طرح زخمی کر دوں گا کہ زبانِ خنجر بھی چپ رہے گی اور آستین کا لہو بھی گنگ۔ میرے دوست

تمہیں پتہ بھی نہ چلنے دوں گا کہ تم مرگئے ہو۔

چلو آؤ۔ اب تم نے جب کہ مجھ سے مصالحت ہی کرلی ہے تو میرے ساتھ چلو۔ اٹھو۔ اٹھو بھی۔ گھبراؤ نہیں۔ اتنی چھوٹی سی بات کرنے پیچھے ہٹ رہے ہو۔ میں بہت سنجیدہ ہوں۔ تم سے کوئی مذاق نہیں کر رہا ہوں۔ تم دیکھنا ابھی تمہارا چہرہ کیسا نکھر آئے گا اور پھر تمہاری عمر بھی کوئی عمر ہے۔ بال پک جائے سے کوئی جھوٹ تو نہیں ہو سکتا۔ شاباش اسی طرح بیٹھے رہو۔ میں تمہاری دوسری زندگی کا آغاز یہیں سے کرتا ہوں۔ تمہیں یاد ہے؟ ۔ تم کہا کرتے تھے۔

بالوں پر خضاب چڑھانا گویا پہلا جھوٹ ہو گا جو میں بہ اصرار لوگوں سے کہتا پھروں گا۔ اور تم اپنی کسی سچائی سے برتنے پر اب آگے چلنے کے قابل نہیں رہے ہو۔ دیکھو تمہارا چہرہ کتنا نکھر آیا ہے۔

اب تمہیں ایک اور بات سیکھنی ہے۔ ہنسو اور اس طرح ہنسو جیسے تمہیں بات کی پرواہ نہیں ہے۔ خود اپنی پرواہ نہیں ہے۔ اس شوہر کی اور اس باپ کی پرواہ نہیں ہے جس کی بے حد و حساب محبت کا اس کی مفلسی اور تہی دستی نے مذاق اڑایا اور تم اس کو قتل کرنے جا رہے تھے کہ میں نے تمہیں بچا لیا۔

دیکھو تم اس پہلے جھوٹ کے بعد کتنے اچھے لگ رہے ہو۔

وہ اٹھا اور اس نے خود کو آئینے کے مقابل کر لیا۔

اپنی شبیہہ کا عکس دیکھ کر وہ مسکرایا نہیں۔

لیکن وہ ہر جھوٹ کی طرح خود کو خوبصورت لگ رہا تھا پھر یکایک اس نے اپنے مکے سے آئینے کے ٹکڑے ٹکڑے کر دیے اور اس ہاتھ میں شیشے کی کرچیاں ڈھونڈنے لگا جو اب تیزی سے لہولہان ہو رہا تھا۔

●●

سیلب۔ کراچی

سانپوں کی پٹاری

آج رانی قابو میں نہ آتی تھی۔ اپنا سوئٹر اتار کر اس نے ایک ہاتھ میں پکڑ رکھا تھا اور دوسرے ہاتھ سے دوپٹے کو ہواؤں میں اڑاتی ہوئی میدان میں بھاگ رہی تھی۔ اس کا چھوٹا بھائی تھک کر پیچھے رہ گیا تھا اور برساتی نالوں میں دوسرے بچوں کی تیرتی ہوئی کشتیوں کو حسرت سے تک رہا تھا اور اس طرح وہ کچھ دیر کے لئے رانی سے بے نیاز ہو گیا تھا۔

جب رانی بہت دور نکل گئی تو رانی کا بڑا بھائی سائیکل لے کر اس کے تعاقب میں چل پڑا۔ وہ چاہتا تو منٹ بھر میں رانی کو جا لیتا لیکن رانی اس کو دیکھ لیتی تو یقیناً برہم ہو جاتی اور پھر بگٹٹ بھاگنے لگتی۔ اجیت سنگھ کے لئے سوائے اس کے کوئی چارہ نہ تھا کہ وہ رانی کی نظروں سے بچ کر دور دور سے اس کے اطراف چکر کاٹ کر اس کے قریب آئے۔ آج اتفاق سے رانی کی کتابیں بھی اس کے ساتھ نہیں تھیں۔ اس لئے وہ خود سبک محسوس کر رہی ہوگی۔ ورنہ رانی ڈھیر سی کتابیں بھی معمولاً اپنے ساتھ رکھا کرتی۔ چلتے چلتے رک جاتی اور پڑھنے لگتی۔ جہاں کھڑی کھڑی پڑھ رہی تھی وہیں بیٹھ رہتی۔ اور دنیا سے بے خبر پڑھنے میں اس طرح منہمک ہو جاتی کہ اس کا بھائی، بہن،

یا باپ جو بھی اس کے ساتھ ہوتا وہ پاؤں دبا کر قریب پہنچ جاتا اور اس سے کچھ ہی فاصلے پر اس کی نگرانی کرتا رہتا۔

لیکن آج رانی کے تیور کچھ زیادہ ہی بدلے ہوئے تھے، اس کے چھوٹے بھائی نے جب دیکھا کہ بڑا بھائی سائیکل لے کر نکل پڑا ہے تو وہ اطمینان سے کھیلنے لگا اور نیکر کی جیب سے چمک دار کاغذ نکال کر ناؤ بنانے میں منہمک ہو گیا۔ پڑوس کے دو چار نوجوان اپنے چھوٹوں کے کھیل میں دل چسپی لیتے ہوئے یوں گھروں سے نکل آئے جیسے انھیں رانی سے کوئی سروکار ہی نہیں لیکن وہ ایک دوسرے سے نظریں بچا کر رانی کو دیکھ لیتے اور بظاہر پانی میں بہتی ہوئی ناؤوں سے دل چسپی جتلا کر اپنے چھوٹوں سے اوٹ پٹانگ بے معنی باتیں کرنے لگتے لیکن نظریں رانی کے تعاقب میں دوڑتی رہتیں۔

آج رانی بھی اپنے بدن کی رعنائیاں لٹانے پر بضد تھی۔ ہواؤں میں آنچل لہراتی ہوئی گیند کی طرح اچھال اچھال کر سوئٹر سے کھیلتی ہوئی وہ اب ان نوجوانوں کی طرف آ رہی تھی اور کل اس کا جوبن نگاہوں کی یورش سے بے خبر تھا اور اس کی ننگی، گوری اور صحت مند پنڈلیاں برساتی نالوں میں دھل کر نوجوانوں کی آنکھوں میں کھب رہی تھیں اور جب اجیت سنگھ نے دیکھا کہ رانی نے کالونی کا رُخ کر لیا ہے تو اس کی تسلی ہوئی لیکن جوں ہی اس کی نگاہ کالونی کے نوجوانوں پر پڑی تو وہ تڑپ کر رہ گیا اور اس نے مناسب یہی سمجھا کہ دور، دور سے چکر کاٹ کر گھر کی طرف نکل جائے کیونکہ رانی نے بھی گھر ہی کا رخ کر لیا تھا۔

وہ تھک جاتی تو اکثر ایسے میں گھر ہی چلی آتی اور تازہ دم ہو کر جی چاہتا تو پھر نکل پڑتی۔ چھوٹے رویندر سنگھ نے جب رانی دیدی کو اپنی طرف آتا ہوا دیکھا تو کچھ

سہم گیا۔ جب وہ قریب آگئی تب بچوں نے کشتیاں چھوڑ کر اس میں دلچسپی لی۔ لیکن نوجوان تھے کہ بھوکی آنکھوں سے رانی کو تکے جارہے تھے اور ایک دوسرے پر یہ ظاہر کر رہے تھے کہ ہر ایک رانی سے بے نیاز ہے۔

لیکن رانی اطمینان سے اس برساتی نالے کے پاس آگئی جس میں کاغذ کی بے شمار کشتیاں ڈول رہی تھیں ــــ اس نے پکار کر بچوں کو مخاطب کیا۔

بچو مجھے بتاؤ نا تمھاری کشتیاں کس اور جارہی ہیں ــــ پورب، پچھم، اتر، دکھن آخر کس اور۔ رویندر سنگھ نے اپنی دیدی سے INTIMATE ہوتے ہوئے کہا۔

رانی دیدی ــــ اے رانی دیدی۔ ہماری ناویں ایک ہی سمت بہہ رہی ہیں۔ پر انھیں پتہ نہیں کہ وہ جا کہاں رہی ہیں۔ جیسے ہمیں تیرا پتہ نہیں چلتا کہ تو کہاں جانا چاہتی ہے۔

رانی قہقہہ مار کر ہنس پڑی۔ اس نے اپنا دوپٹہ اپنے کندھوں پر بے دلی سے پھیلا دیا۔ سوئٹر کے لانبے لانبے آستین گردن میں اکہری گرہ سے باندھ لئے اور ٹخنوں سے اوپر تک شلوار چڑھا کر برساتی نالے میں اتر گئی اور تالیاں بجا بجا کر پیروں سے پانی اچھالنے لگی، اطراف بہتی ہوئی ناویں ڈول ڈول کر ڈوبنے لگیں اور بچے سہم کر رویندر سنگھ کی طرف دیکھنے لگے۔ جو اداس آنکھوں سے انھیں دیکھتا ہوا گویا جواب دے رہا تھا کہ دوستو! میں بھی تمھارے غم میں برابر کا شریک ہوں ــــ اور رانی پانی اچھال اچھال کر ہنس رہی تھی اور کشتیاں اس کے اطراف ڈوب رہی تھیں اور نوجوان اب بے تکلفی سے رانی کو تک رہے تھے۔

رانی ایک دم سنجیدہ ہوگئی۔ اس نے نظر بھر کر نوجوانوں کی طرف دیکھا۔

اس طرح دیدے پھاڑ پھاڑ کر دیکھ رہے ہو نوجوانو ــــ جاؤ ــــ اپنے اپنے گھروں میں دبک جاؤ۔ اور اس نے پانی ان کی طرف اچھال کر شور مچایا تو سب کے سب اپنے گھروں میں گھس گئے۔

رانی نے نوجوانوں کو چوہوں کی طرح بلوں میں بھاگتا ہوا دیکھ کر قہقہہ لگایا اور ایک ناگن کی طرح بہتے نالے سے باہر نکل آئی۔ منٹ بھر کچھ سوچا۔ پھر نالے میں اتر گئی۔ پھر جھک کر اپنے داہنے ہاتھ کی اوک میں پانی لیا اور سر کو بھگونے لگی۔ ایسا کوئی چھ سات بار رانی نے کیا اور برساتی نالے سے باہر نکلنے کی کوشش میں پھسل کر گرتے گرتے بچی اور غصے میں نالے میں تھوک دیا اور بڑبڑاتے ہوئے کہنے لگی ــــ تیری جٹائیں بھی کاٹ دیتے ہیں۔

بچے رانی کو دیکھتے رہ گئے۔ الفاظ سبھوں نے سنے، معنی کسی نے نہیں سمجھے اور کیا معلوم رانی نے بھی کچھ سمجھا کہ نہیں۔

پھر رانی نے تالی بجائی اور کہنے لگی۔ میں دیکھوں گی تو کتنی دور بھاگتا ہے۔ اور پھر بغیر ایک لمحہ توقف کئے اس نے فوراً ہی چلانا شروع کر دیا۔ بچو بھاگ چلو۔ دیکھو وہ سانپ ہے۔ برساتی نالے کا سانپ۔ پانی کی طرح باہر سے ٹھنڈا اور ڈس لے تو آگ کی طرح اندر سے گرم۔ بھاگو بھاگو ــــ اور جو بچے برساتی نالے میں تھے باہر چلے آئے جو کنارے تھے وہ کچھ اور ہٹ گئے ــــ تب رانی نے تالیاں بجا بجا کر کہا ــــ کیوں بچو ــــ میں نے کیسے تمھیں ڈرا دیا۔

بچوں نے اشتیاق سے پوچھا ــــ تو کیا سانپ نہیں ہے رانی۔

رانی نے انگوٹھا دکھلا کر کہا ــــ ٹھینگا ہے ــــ او بچو آجاؤ لپٹ لپٹ کر نہا لو ــــ میں نام بتاؤں اور دوں تمھیں۔ پر دیکھنا جو بچہ رہے زیادہ میری بات

سنے گا اس کی ناؤ سب سے تیز بہے گی اور پانی پر یوں ڈولے گی یوں ڈولے گی ـــــ اور رانی نے پینترے کاٹ کر بل کھا کر کچھ یوں زت بتائی کہ بچے ہنس کر تالیاں دینے لگے۔ پھر یکایک کاغذ لانے کے لئے اپنے اپنے گھروں کو بھاگ کھڑے ہوئے۔

رانی عمر کے بیسویں سال میں داخل ہوا چاہتی تھی۔ اس پر پاگل پن کا حملہ نہ ہوا ہوتا تو وہ کب کی گریجویٹ ہو گئی ہوتی اور عین ممکن تھا کہ فرسٹ ڈویژن لیتی ـــــ وہ بہت محنتی اور ذہین تھی لیکن یکایک رانی نے ایسی قلانچ بھری اور ایسی حرکتیں شروع کر دیں جو نہ اس کی عمر کا تقاضہ تھیں نہ ذہانت کا۔ لیکن بیچ بیچ میں جب وہ سنجیدہ ہو جاتی تو اس کی ذہانت اس کی بات چیت سے ظاہر ہونے لگتی۔

بات بہت معمولی تھی۔ اس کا باپ طرح طرح کے ڈاکٹروں، حکیموں، ویدوں، پنڈتوں اور ملاؤں کی جبیں سائی کر کے تھک گیا تھا۔ یوں لگتا تھا کہ جیسے رانی کو اچھا ہونا ہوتا تو وہ بس بالکل نارمل رہتی اور کچھ کرنے پر آتی تو کسی کے روکے نہ رکتی۔

ہاں تو میں کہہ رہا تھا بات بہت معمولی تھی اور یہ بات مجھے بڑے دکھ سے اس کے باپ نے بتلائی تھی۔ ایک بار رانی سو رہی تھی اس کے بھائی نے نقلی داڑھی اور مونچھ سوتے میں اسے لگا دیئے۔ جب وہ بیدار ہوئی تو سب ہنسنے لگے ـــــ رانی نے آئینے میں اپنی شکل دیکھی تو پاگلوں کی طرح ہنسنے لگی پھر رو پڑی۔

اس معمولی سے مذاق نے ایسی صورت اختیار کر لی کہ گھر سارا دکھی اور بے کل ہوا تھا۔

لیکن اس کے بعد دنوں بیت گئے۔ رانی بالکل نارمل رہی۔ ہم نے اس بات پر بھی غور نہیں کیا کہ جب ہم کبھی بگڑ اٹھا دیتے تو وہ ناپسندیدہ نظروں سے ہمیں دیکھتی اور

اچھی بھلی ہنستی بولتی بیٹھی بیٹھی اٹھ کھڑی ہوتی اور اپنے کمرے میں گھس کر کتابوں میں پناہ لیتی۔

رانی کا مزاج دوسری بار اس وقت بگڑا جب ایک نقلی داڑھی اور مونچھ بیچنے والا طرح طرح کی نقلیں اتارتا بچوں سے ٹھٹھول کرتا گیٹ پر کھڑا اپنے مال کا پرچار کر رہا تھا۔ رانی کی نظر اس پر پڑی تو وہ چپکے سے گیٹ کے باہر نکل آئی۔ زمین پر ادھر ادھر پڑے ہوئے پتھر چنے اور اس بہروپیے پر پتھراؤ کرنے لگی۔ بچے تو اس کے تیور سمجھ کر بھاگ کھڑے ہوئے لیکن بہروپیہ پینترے کاٹ کاٹ کر بچتا رہا اور جب رانی مزید پتھروں کی تلاش میں زمین پر نظریں جمائے بے چین سی پھرنے لگی تو میں بیچ بچاؤ کے لئے پہنچ گیا۔ سمجھا منا کر بہروپیے کو چلتا کیا۔ اس وقت تک رانی نے اپنے دامن میں کچھ پتھر جمع کر لئے تھے اور چیخ چیخ کر کہہ رہی تھی بہروپیو نکل جاؤ۔ زمین میں دھنس جاؤ۔ ست گرو اکال ـــــ ست گرو اکال ـــــ جب اس نے پھر پتھراؤ کرنے کے لئے بہروپیے کو ڈھونڈا تو میں مقابل تھا۔ اس نے مجھے پتھر مارے لیکن میں لپک کر اس کے قریب پہنچ گیا۔ اس کو منانے سمجھانے کے جتن کئے تو اس نے پتھر پھینک دئے لیکن اپنے دونوں ہاتھوں سے میرا گلہ زخمی کر دیا۔ اس کے لمبے لمبے ناخن جن پر ہلکا ہلکا گلابی پینٹ تھا میرے خون سے کہیں کہیں گہرے ہو گئے تھے۔ جب اس کے ہوش بجا ہوئے تو اس نے نڈھال ہو کر میرے سینے پر سر رکھ دیا۔ پھر یکا یک سیدھی ہو کر مجھے دیکھا اور اپنی آنکھوں پر ہاتھ رکھ لئے اور مجھ سے جدا ہو گئی۔ تھکی ہاری وہ بستر پر جا کر پڑ رہی۔

رانی ابھی ابھی مجھ سے باتیں کرتی کرتی اندر گئی تھی اور میری بیوی سے گپ

لڑانے میں مگن تھی۔ اس کی آواز ہمیں صاف سنائی دے رہی تھی۔ اس کا باپ مطمئن تھا کہ رانی خوش ہے اور میری بیوی سے نارمل باتیں کر رہی ہے کہ یکایک ہم نے سنا۔

رانی کہہ رہی تھی کہ میں تمہیں سوشیل سائنس، اکونومکس اور سائیکالوجی پڑھانے کے لئے ہوائی جہاز سے آجایا کروں گی ویدی۔

میری بیوی ہنس پڑی۔

شاید رانی کو کچھ برا لگا۔ اس نے تنک کر کہا اس میں ہنسنے کی کیا بات ہے بھلا۔ میں تو چاہتی ہوں کہ آدمی ٹائم اور اسپیس کو اس طرح کور کرلے کہ میں ایک ہی دن میں ہندوستان کے کئی اسٹیشن میں لکچر دے سکوں اور وہ یکایک باہر ڈرائنگ روم میں آگئی۔ آتے کے آتے اس نے اپنے باپ کو ڈانٹا۔

میں سن چکی ہوں آپ میرے ہی متعلق بات کر رہے تھے۔ میں اچھی بھلی ہوں۔ آپ کہاں کہاں مجھے رسوا کریں گے۔

اس ڈھکی چھپی تڑپ کا اندازہ جو الفاظ کے اس کوندے میں تھی مجھے بھی ہوا اور رانی کے باپ کو بھی ـــــــ اس نے بڑے ولار سے رانی کو سمجھایا۔ میں تمہارے متعلق باتیں نہیں کر رہا تھا بیٹا۔ پوچھ لو ان سے۔

رانی اس طرح ہنسی جیسے بے وقوفوں پر ہنستے ہیں اور اپنے باپ کا نوٹس لئے بغیر ہاتھ کے اشارے سے مجھے ٹاٹا کہا اور باہر نکل گئی۔

گیٹ سے نکلتے نکلتے اس کی چال میں بہت تیزی آگئی تھی۔ اس کا باپ بے چینی سے اٹھا اور مجھ سے پھر ملیں گے کہتا ہوا اس کے پیچھے لپکا۔ میں نے دانستہ سردار کے ساتھ گیٹ تک جانے سے گریز کیا ـــــــ وہ سڑک پر پہنچ کر بیچوں بیچ بیٹھ گئی تھی۔ سر دلد جب رانی کے

قریب پہنچا تو رانی کھڑی ہو گئی —— باز آجاؤ میرا پیچھا کرنے سے

نہیں بیٹا، میں تیرے ساتھ نہیں آ رہا —— میں تو ——

لیکن رانی نے سردار کو بات مکمل کرنے کا موقع نہیں دیا۔ اور تیز تیز قدم اٹھاتی سامنے میدان کی طرف چلنے لگی جہاں ایک پولیس سپرنٹنڈنٹ کالج کے لڑکوں کو این۔ سی۔ سی کی ٹریننگ دے رہا تھا۔ وہ سپرنٹنڈنٹ کے برابر جا کر ٹھہر گئی اور بڑی تمکنت سے پریڈ کا معائنہ کرتی رہی —— سپرنٹنڈنٹ اس کو اپنے پہلو میں کھڑا دیکھ کر بوکھلایا۔ لڑکوں نے الٹے سیدھے قدم ڈالنے شروع کر دیے۔ ان کی بندوقوں کی نالیاں ان کے کندھوں پر مختلف زاویے بنانے لگیں۔ رانی نے تیکھی نظروں سے اس کھلبلی کو دیکھا جو مچ گئی تھی۔ وہ اتراتی ہوئی آگے بڑھی۔

نوجوانو! بندوقیں پھینک دو اور لو یہ میری اوڑھنی اوڑھ لو۔ اور اس نے بڑھ کر دو ایک نوجوانوں کو بندوق پکڑنا سکھلایا۔ بہت بے تکلفی سے ان کے ہاتھ تھام کر اپنی دانست میں انھیں بندوق کی صحیح گرفت سمجھائی۔

جب سپرنٹنڈنٹ کچھ اندازہ لگا سکا تو آگے بڑھ کر اس نے رانی سے درخواست کی کہ وہ ہٹ جائے۔

رانی نے بڑے دھیرج سے کہا — میں نوجوانوں سے کہہ رہی تھی کہ وہ بندوق اٹھا کر ہلکان کیوں ہوتے ہیں، یہ جو جسمانی ریاضت ہے یہ تو چوڑیاں پہن کر بھی کی جا سکتی ہے۔ اور پھر آپ کی اتنی لمبی چوڑی پلٹن میں ایک بھی سردار نہیں ہے۔

سپرنٹنڈنٹ اسے منا سمجھا کر چلتا کرنے کی کوشش میں تھا۔ وہ جو کچھ کہہ رہی تھی اس سے اتفاق کر رہا تھا۔

لیکن رانی نے پھر دہرایا ـــ کیا اس میں کوئی سردار نہیں ہے ؟

سپرنٹنڈنٹ نے ایک سکھ لڑکے کو سامنے آنے کے لئے کہا جو پچھلی صف میں تھا۔ لم تڑنگ لڑکا بڑے طنطنے سے فوجی چال چلتا آگے آیا۔ اس کو دیکھ کر رانی ایک دم ہنس پڑی۔ پھر اس کی طرف ہاتھ اٹھا اٹھا کر قہقہے لگا کر بے ساختہ ہنسنے لگی۔

سب ہی ہنس پڑے۔ رانی جب کچھ سنبھل گئی تو اس نے کہا ـــ اس سردار سے کہو کہ وہ اپنی چوٹی کس لے۔ سردار نے اپنے بکھرے بالوں کو چھو کر محسوس کیا کہ اس کا حلیہ بگڑ گیا ہے۔ لیکن سپرنٹنڈنٹ نے بات کی تلخی کو محسوس کرتے ہوئے سردار کو اپنی صفوں میں شامل ہو جانے کا حکم دیا۔ سب لڑکے ابھی تک ہنس رہے تھے اور رانی مصر تھی کہ وہ یہیں ڈٹی رہے گی اور سپرنٹنڈنٹ اب رانی کو کسی طرح ٹالنا چاہتا تھا۔

رانی کے باپ نے دور کھڑے کھڑے جب موقع کی نزاکت کا اندازہ لگایا تو وہ سپرنٹنڈنٹ کے پاس پہنچ گیا۔ رویندر سنگھ بچوں کے ساتھ کھیلنا چھوڑ کر کچھ اس طرح ترس کھا کر اپنے باپ کو رانی دیدی کی طرف جاتا ہوا دیکھنے لگا جیسے چکتی ناؤ کو ڈوبتی ہوئی دیکھ رہا ہو۔ اجیت سنگھ دور ہی سائیکل سے اتر پڑا اور رانی کو نوجوانوں کا مرکز نظر بنا دیکھ کر بل کھا کر رہ گیا۔ اشاروں کنایوں میں رانی کے باپ نے معافی مانگی اور ڈرتے ڈرتے رانی سے کہا کہ رانی بٹیا تیری ماں بلاتی ہے۔ ناشتہ تیار ہے۔

بٹر ملک ہے کہ نہیں ؟

رانی نے تحکمانہ پوچھا۔

ہے دالی ہے۔ وہ بھی ہے۔ اولٹین بھی ہے۔

نہیں نہیں میں صرف بٹر ملک پسند کرتی ہوں۔ پھر اس نے سپرنٹنڈنٹ کو اور

ساری پلٹن کو ناشتے کے لئے مدعو کیا ــــ لیکن ان کے انکار پر باپ کے ساتھ چل پڑی۔
ایک دن بڑا سردار صبح صبح میرے پاس بھاگا بھاگا آیا۔ وہ بے حد پریشان تھا۔ میں رات کو دیر تک اس کے پاس بیٹھا رہا تھا۔ رانی ہی کا علاج معالجہ گفتگو کا موضوع تھا۔ اس وقت دیوبند کے ایک مولوی صاحب کو سردار کے ایک مسلمان منتظی دوست نے تین چار روز کے لئے سردار کے پاس رکھ چھوڑا تھا کہ وہ عمل عملیات کے ذریعہ رانی کا علاج کریں۔ جس رات کی یہ بات ہے اُسی رات مجھے بھی مولوی صاحب سے متعارف کرایا گیا تھا۔ میں ان ساری باتوں پر اعتقاد نہ رکھتے ہوئے بھی مولوی صاحب کی باتیں بڑے سردار کی خاطر دلچسپی سے سنتا رہا تھا اور مولوی صاحب اپنی لمبی اور بے تحاشہ گھنی داڑھی پر جو خضاب سے بالکلیہ سیاہ تھی ہاتھ پھیر پھیر کر اپنے کارنامے بیان کر رہے تھے کہ کس طرح انھوں نے بدارواح کو جو ناگ سانپوں کی صورت ایک کنویں پر قابض تھیں گاؤں ہی سے دفع کر دیا تھا۔
رات ان کے پاس سے چلتے وقت میں نے صرف اتنا محسوس کیا تھا کہ رانی کو دیوبند کے مولوی صاحب کا چہرہ کچھ ایسی اذیت پہنچا رہا ہے کہ وہ اپنا ذہنی توازن کھو سکتی ہے۔
صبح سردار بے حد پریشان آیا۔ میں سمجھ گیا کہ رانی کی طبیعت زیادہ ہی خراب ہو گئی ہے۔
لیکن سردار نے قریب قریب مجھ سے لپٹتے ہوئے کہا۔
یار غضب ہو گیا ــــ اب تمھیں نے مجھے بچانا ہے۔
سردار کا گلا رندھا ہوا تھا۔ ہاتھ سرد ہے۔ میں جانتا تھا کہ وہ نرم دل آدمی

ہے۔ رانی کی بیماری نے اس کو کچھ یوں کرکے رکھ دیا تھا کہ جس کا جی چاہے اسے منٹ بھر میں رلا سکتا تھا۔

میں نے کہا۔ کچھ مُنہ سے پھوٹو بھی۔

تم چلو پہلے —— میں تو اب تنگ آ گیا ہوں یار۔ بھلے سے رانی اُٹھ ہی جائے اس جہان سے۔

وہ سردار جو رانی کے پیچھے سائے کی طرح بنیا بٹیا کہتا پھرتا تھا اس کی زبان سے یہ الفاظ سن کر مجھے اچنبھا ہوا۔

میں نے اُسے تسلی دی — بات کیا ہے مجھے بتاؤ سردار۔

اس نے کچھ اس طرح کہا جیسے سارے اُسلام کی توہین کرنے کے جرم کا مرتکب ہوا ہو اور الفاظ بہت تیزی سے ادا کرکے لمبی سی سانس لی۔

رانی نے سوتے میں مولوی صاحب کی داڑھی صاف کر دی۔

میرا حال برا ہو گیا۔ میں سوچ سوچ کر ہنستا رہا۔ چاہتا بھی تھا سردار کے جذبات کا خیال کرکے اپنی ہنسی پر قابو پاؤں۔ لیکن مولوی صاحب کا چہرہ سامنے آ جاتا۔ یوں محسوس ہوتا وہ داڑھی کی جانب انگلیاں بڑھا رہے ہیں اور انگلیاں خلا میں مقراض بن گئی ہیں۔

اور میں بے تحاشہ ہنسنے لگتا۔

سردار نے بہت دل گیر ہو کر مجھ سے کہا۔ تم ہنستے جا رہے ہو۔ جانتے ہو کہ مجھ پر کیا بیت گئی۔

اس جملے سے میں نے بات کے دوسرے پہلو کو بھی سمجھا۔ بات کسی جٹا یا داڑھی

پر تینچی چل گئی تھی اور سردار یہی سوچ سوچ کر دکھی ہو رہا تھا۔

گھبراؤ نہیں۔ میں نے سردار کو تسلی دی۔ لیکن پھر ہنسی ضبط نہ کر سکا۔

رانی کہاں ہے ــ ؟ میں نے پوچھا۔

اطمینان سے سو رہی ہے۔ سردار نے کہا۔

اور دواڑھی کہاں ہے ؟

وہ بھی سو رہی تھی۔ سردار نے بے ساختہ کہا ــ "مگر تم چلو بھی"۔

چلوں گا مگر ایک شرط پر۔

سردار سنجیدہ ہو گیا ــــ بولو بھی۔

تم وعدہ کرو کہ رانی کے ساتھ زیادتی نہ کرو گے۔

سردار نے اثبات میں سر ہلایا اور میں اس کے ساتھ ہو گیا۔ جب اس کے گھر پہنچا تو مولوی صاحب جاگ پڑے تھے اور پچھلی شب نزولِ رحمت کا ان پر انکشاف ہو چکا تھا۔ وہ بے چارے بڑے خفیف سے تھے لیکن مجھے یہ دیکھ کر اطمینان ہوا کہ وہ برہم نہ تھے۔ ان کی شرمندگی کچھ زیادہ ہی اس لئے بھی تھی کہ وہ اپنی دانست میں کچھ یوں سمجھ رہے تھے کہ شیطان کے آگے انھیں ہزیمت اٹھانی پڑی ہے۔ سردار کا یہ عالم تھا جیسے قتل کر کے آیا ہو۔ اس کے بس میں ہوتا تو وہ میرے پیچھے چھپا رہتا لیکن مجبوری تھی۔ وہ اتنا لم تڑنگ تھا کہ میرے پیچھے چلتے ہوئے اس کا قد اور نمایاں ہو رہا تھا۔ اس نے بڑی لجاجت سے مولوی صاحب سے معافی مانگی۔ میں نے ساری تفصیلات مولوی صاحب کے گوش گزار کیں۔ انھیں بتلایا کہ رانی نے ایک بار سردار سے بھی یہی سلوک کیا تھا لیکن وہ بروقت جاگ گیا اور اس کا حلیہ زیادہ بگڑ نہ سکا۔ مولوی صاحب نے رانی کی اس حرکت کو شیطان کے کرشمہ پر محمول کیا لیکن

بڑے غیر مطمئن سے رہے۔ اب مسئلہ یہ اٹھ کھڑا تھا کہ وہ کس طرح خلقت خدا کے سامنے آئیں۔ ڈاڑھی پوری طرح صاف بھی نہیں کی جا سکتی تھی۔ جوں کی توں رکھ چھوڑنا بھی ناممکن تھا کہ مولوی صاحب بڑے بد ہیئت سے لگ رہے تھے۔ لہٰذا پردے لگی رکشا میں مولوی صاحب اپنے ان دوست کے گھر منتقل ہو گئے جہاں وہ مستقلاً مقیم تھے۔

مولوی صاحب کے جانے تک رانی باہر نہیں آئی۔ میں جب اس سے ملا تو وہ کچھ خوش نہیں تھی۔ بڑی اداس اداس لگتی تھی۔ کسی نے اس سے ابھی تک کچھ نہیں پوچھا تھا لیکن اس کی ماں نے اشارے سے سردار کو بتلا دیا کہ مولوی صاحب کی داڑھی رانی کے تکیئے کے نیچے دھری ہے۔ یوں لگتا تھا جیسے رانی سب بھول بھال گئی ہے کہ کوئی ایسی حرکت اس سے سرزد ہوئی تھی۔ لیکن کوئی بات اس کے ذہن کے کسی گوشے میں کہیں دبی پڑی تھی جو آج صبح صبح بھی وہ ہشاش بشاش نہ تھی۔ میں نے اس کو نارمل کرنے کے لئے پوچھا۔

تم چائے اکیلی پیو گی ؟

اس نے مجھے بغور دیکھا۔ کہنے لگی۔ بھیا۔ تم مسلمان ہو نا۔

میں نے کہا —— ہاں —— ہوں تو۔

لیکن تم مولوی صاحب کی طرح مسلمان نہیں ہو۔" یہ کہہ کر وہ چائے بنانے لگی۔

مجھے جس بات کا شبہہ تھا وہ یقین کی صورت میں بدل رہی تھی۔ میں نے سردار کو اشارے سے اپنے قریب کرتے ہوئے کہا۔

کیا تم اب بھی نہیں سمجھو گے ؟

وہ خاموش رہا —— پھر اس نے کہا۔

تم جو بات کہتے ہو اس کا رانی کے کہے ہوئے اس جملے سے کیا تعلق ہو سکتا ہے کہ تم مولوی صاحب کی طرح نہیں ہو۔؟

میں نے کہا۔ باہر چلو۔ میں تمھیں بتاتا ہوں۔

اتنے میں رانی نے چائے بڑھاتے ہوئے کہا۔ چائے لیتے جاؤ۔

ہم باہر برآمدے میں آئے تو اس سے پہلے کہ میں سردار سے اس موضوع پر بات چیت شروع کرتا، رانی کے قہقہوں کی آواز سنائی دینے لگی۔ ان قہقہوں کا تاثر کچھ ایسا تھا کہ جیسے رانی چیخ چیخ کر رو رہی ہو۔

سردار بھانپ گیا اور اٹھ کر اندر لپکا۔ چلتے چلتے اس نے مجھے اشارہ کیا کہ میں بھی آؤں۔ ہم نے دیکھا کہ رانی مولوی صاحب کی داڑھی کو ہاتھ بلند کئے ہوئے ہوا میں ہلا رہی تھی۔ اس نے ہمیں دیکھا تو داڑھی کو ہوا میں اچھال کر وہ خاموش ہو گئی۔ داڑھی کے بال سارے دالان میں بکھر رہے تھے اور رانی کی آنکھوں میں آہوئے رم خوردہ کی آنکھوں کا گمان ہوتا تھا۔

بڑے سردار نے اپنی پگڑی میں اپنی جٹائیں چھپا لیں۔ رنجیت سنگھ ابھی ابھی بستر سے اٹھا تھا اور اس نے پگڑی نہیں باندھی تھی اس لئے باپ کا اشارہ پاکر وہ رانی کے سامنے ہی نہ آیا۔ چھوٹے روندر سنگھ کے ہاتھ سے کرکٹ کا بلا چھین کر سردار نے اسے ڈانٹا — جا — جا یہاں سے۔

وہ دراصل کہنا چاہتا تھا۔ اپنے بال بنوالے۔ یہ کیا ابھی سے۔ اتنا سا تو ہے۔

لیکن وہ سردارنی کی صورت دیکھ کر اوٹ پٹانگ بکتا خاموش ہو گیا۔

رانی نل کی ٹونٹی کھولے پانی کی دھار کے نیچے اپنا سر دئے جھکی کھڑی تھی۔ اس کی لمبی لمبی چوٹیاں شانوں سے گر کر جھول رہی تھیں اور ان سے پانی بہہ رہا تھا۔ ▲▲

۱۹۶۸ (شب خون۔ الہ آباد)

آگہی کے ویرانے

ہم سڑک پر بیٹھے ہوئے ایسے لوگ ہیں جو شاید کسی حادثہ کے منتظر ہیں اور انتظار سچ پوچھئے تو ہم کر نہیں سکتے ہیں۔ بلکہ زندگی اور وقت نے سازش کر کے ہمیں ایک ایسے موڑ پر کھڑا کر دیا ہے جہاں بہر حال کسی کا انتظار ہے۔ دراصل یہ انتظار امید وبیم کے دوراہے پر وقت کی کسی سازش کا دوسرا نام ہے۔ اور جب یہ سازش مکمل ہونے لگی تب وہ حادثہ وقوع پذیر ہوگا ہی اور کون جانے کہ تب بھی ہوگا یا نہیں۔

جب وہ یہ بات اپنے اس دوست سے کہہ چکا جو دور دیس سے آیا تھا تو پھر وہ خاموش ہوگیا۔ اس نے یہ سمجھنے کی کوشش بھی نہیں کی دس کی پچھلی ساری زندگی کے جو کھنڈر ہیں اس کے الفاظ کا دیا ہوا یہ چھوٹا سا نامکمل پورٹریٹ فٹ بھی ہوتا ہے یا نہیں اور وہ دوست جو اس کی زندگی سے تھوڑا بہت واقف تھا بات کو کہاں تک سمجھ سکا ہے۔

جب وہ دوست جا چکا اور ساتھ ہی اس کی قد آور بیوی بھی اس کے ساتھ روانہ ہوئی تو وہ سوچنے لگا۔

اس کے دوست نے بڑے اطمینان سے کہا تھا کہ وہ لنچ کے لئے آفس سے گھر آتا ہے تو اس کی بیوی کھانا تیار کئے بیٹھی رہتی ہے اور وہ صرف گرم کھانا کھاتا ہے۔ ٹھنڈا

کھانا وہ کسی قیمت پر برداشت نہیں کر سکتا۔ ایک آدھ بار کبھی ایسا ہو جاتا ہے تو پھر وہ جو چاہے کر سکتا ہے۔

ایک چھناکے سے کھانے کی پلیٹ دیوار سے ٹکرا سکتی ہے۔

وہ عمر بھر گھر میں کھانا نہ کھانے کی بات کر کے جھوٹا ہاتھ نیپکن سے پونچھتا ہوا گھر سے دندناتا نکل سکتا ہے۔

اس کی بیوی اتنا رو سکتی ہے کہ جیسے اس کے بعد رونے کو کچھ نہیں رکھے گی۔

اور جب وہ یہ باتیں کہہ رہا تھا اس کی بیوی بڑی بڑی آنکھوں میں محبت کی مجبوریاں چھپلئے اسے دیکھ رہی تھی اور جو مسکراہٹ اُس کے ہونٹوں پر پھیل گئی تھی اس کی تہہ میں کسی ایسے ڈھکے چھپے سکون کا احساس تھا جو عورت کے ذہن میں مرد کی فوقیت کو تسلیم کر لینے کے بعد عورت کا مزاج بن جاتا ہے۔

اور جب وہ یہ کہہ سکتا تھا کہ رات جب میں کلب سے لوٹتا ہوں تو یہ جاگتی رہتی ہیں۔ سوتی رہتی ہیں۔ تب بھی اُٹھ جاتی ہیں اور ٹھنڈا کھانا گرم کر کے مجھے کھلاتی ہیں۔ جب تک میں کھاتا رہوں میرے سامنے بیٹھی مجھ سے باتیں کرتی ہیں۔

اور جب اس کا دوست یہ باتیں کر رہا تھا تو اس کو اپنے گھر کی رسوئی میں ایک بھگونے میں رکھا ہوا وہ خشکہ یاد آیا جس سے پھدک کر ایک چوہیا نکل بھاگی تھی اور بچے ہوئے سالن کا وہ کٹورا جس پر جھینگر اس طرح بھاگ رہا تھا جیسے اپنے چوہیا کا تعاقب کرتا ہو اور سارے انقلابی نظریوں کی گرمی اس کے ذہن میں ٹھنڈے کھانے کی پھپھوندی بن گئی تھی۔

لیکن اس کے پردیسی دوست کی قد آور بیوی بڑے فخر سے مسکرا رہی تھی اور دونوں ہی مطمئن مطمئن سے نظر آتے تھے۔

اس کا ذہن آج بھی اس شرمساری کے لئے تیار نہیں تھا کہ اس کے ساتھ بھی یہ سب کچھ کیا جائے جو اس کے پردیسی دوست کی بیوی اس کے ساتھ کرتی رہی تھی ـــــ وہ کیسے لوگ ہیں جو ان باتوں پر فخر محسوس کرتے ہیں۔

لیکن اس کے گھر کا تو عالم ہی جدا تھا۔ وہ سوچنے لگا اسی کے نظریوں کو اپنا کر اسی کے لوگ اسی کے گھر میں اسی کو بھول گئے تھے۔ اور اب وہ تنہا تنہا، اکیلا اکیلا رہ گیا تھا۔ اس کا یہ پردیسی دوست دراصل سو فی صدی ہندوستانی ہے اور اس کی بیوی بھی سو فی صدی ہندوستانی ہے لیکن جب وہ لندن گیا ہے تو زن و شوہر کے ہندوستانی تصورات و تعلقات کو اپنے ساتھ لے گیا ہے اور لندن میں بھی اسی پر کاربند رہا ہے۔

یہاں اس کے گھر کا عالم یہ ہے کہ اس کی بیوی اپنے بچوں کی کسی اردو کتاب کو ہاتھ لگانے میں بھی اپنے اجداد کی اہانت محسوس کرتی ہے کیونکہ اس کے پپا گیارہ سال کی عمر میں لندن گئے تھے۔ لوٹے تو پتلون کی جیب خالی تھی۔ اور ہاتھ میں لندن کی خاک کے سوا کچھ نہ تھا۔ کچھ تو انگریزی سے پیار کا یہ سبب تھا کہ پپا لندن ہو آئے تھے اور جب وہ گڑیا جیسی ننھی سی تھی تو ممی کا چہرہ دیکھنے کو ملتا ہی نہ تھا۔ اس ڈالفن ڈینیل ساتھ رہتی تھیں جو گورنس تھیں۔ دن بھر گٹ پٹ کرتیں اور صلیب پر چڑھے عیسیٰ کے سامنے گھٹنوں کے بل بیٹھ کر سر جھکانے سے اس پروگرام کا آغاز ہوتا۔

بات کچھ اس طرح تھی کہ نیچے بارہ دری میں اسلام کی حکومت تھی تو اوپر بنگلے پر عیسائیت کی بادشاہت۔ پپا لندن سے لوٹے تھے تو سارے لندن کو وہیں چھوڑ کر آئے تھے ـــــ ساتھ کچھ نہیں لے آئے۔ یہاں تک کہ وہ ٹیکنیکل علم بھی نہیں جس کے لئے وہ گئے تھے۔ یوں لگتا تھا جیسے ان کی روح [illegible] مکمل مشرقی تھی جسے جبراً مغرب میں قید کیا گیا

تھا۔ اپنے دیس کو آئے ہیں تو ایسے آئے ہیں کہ بھک سفید اچکن۔ بھک سفید پاجامہ اور بھک سفید براق سی شیروانی پہنا دیا ہوا۔ لمبے لمبے دستر خوان پر کھنے کے ساتھ آلتی پالتی مار کر یوں نوالا توڑا جیسے افرنگ کا چھری کانٹا چھوٹے سے انگلیاں فگار ہو گئی ہوں۔ اذان ہوئی تو نماز کے لیے کپڑے کی سیک سی گول جالی دار ٹوپی اوڑھ لی۔ کوئی محترم دن آیا تو مولود پڑھوائی یا گھر والوں کو لے کر خود مولود پڑھنے بیٹھ گئے۔ ایک ایک بج گیا۔ دو دو بج گئے کبھی کبھی تو صبح ہو گئی۔

السلام اے دیں کے سلطاں السلام !

یہ تو ہوتا رہا بارہ دری میں۔ دیں کے سلطان پر سلام پر سلام اس کی امت نے بھیجے۔ ادھر بنگلے پر ڈالفن ڈینفل نے مولود کی آوازوں سے چونک کر اٹھتے ہوئے بچوں کو گھرک دی۔ "سو جاؤ۔" فادر گاڈ نائی بے بیر کو اچھا نئیں لگتا۔" —— ماں باپ دین کے سلطان پر سلام بھیجتے رہے، اولاد عیسیٰ کے ساتھ صلیب پر چڑھتی رہی۔ معاشرے اسی طرح ٹوٹتے ہیں۔ جب لوگوں کے پاس اپنا کچھ نہیں ہوتا۔ مانگے کے ذہن۔ ملنگے کی تہذیب تو نہیں بن سکتے۔ ان کی شکست و ریخت اصلیت سے ٹکرا کر تو ہوتی ہی ہے۔ لیکن اس میں یوں بھی تو ہوتا ہے کہ اصلیت بھی مسخ ہو جاتی ہے۔ یہی سب کچھ اس کی بیوی کے ساتھ بھی ہوا —— پپا تو اب صرف انگریزی میں پکارے جانے کی حد تک رہ گئے تھے —— بچے پپا اور ممی کو گڈ مارننگ کر لیتے تو پھر دوسرے دن گڈ مارننگ ہوتی۔ بقیہ سب کچھ ڈالفن ڈینفل کرتی۔

ممی خوش تھیں کہ چلو صاحب لندن سے آیا ہے تو لندن کا ایک چھوٹا سا ٹکڑا بنگلے کے لیے لے آیا ہے۔ اس طرح پپا اور ممی جب اپنے بچوں کو لندن کے اس چھوٹے سے ٹکڑے میں رکھ کر مطمئن ہو گئے تو ایک مستقبل بھی گیا اور پھر مولود شروع ہو گئی ٥

چاہیئے مجھ پہ عنایت شہِ دیں تھوڑی سی
دیجئے قبر کو یثرب میں زمیں تھوڑی سی

نہ پیا کو یثرب میں زمیں ملی نہ بچوں کو انگلستان۔ اپنی زبان جس میں تُتلانا سیکھا تھا۔ ڈالفن ڈیفل کے ہاتھوں بے موت ماری گئی۔ اور پھر انھیں گٹ پٹ تو نہ آئی۔ صرف ہندوستانی کھلونوں میں کسی گرجا گھر کے بنے ہوئے دماغ فٹ کردئے گئے تھے، وہ بھی اس طرح کہ فٹنگ برابر نہ ہوئی تھی۔

دوست جاچکا تھا۔ اس کی قدآور بیوی بھی اپنی مشرقی تہذیب کو پلو میں باندھے اس کے پیچھے جاچکی تھی۔ وہ سوچنے لگا اب یہ دوستی تو اس قدر قریبی رشتے میں بدل گئی ہے لیکن اس کا ذہن آج بھی دوستی کی اصطلاحوں میں کس طرح سوچتا ہے۔ اپنے دوست سے مل کر وہ غیرارادی طور پر اپنی بیوی سے اس کا تقابل کرنے لگا۔ آخر ان دونوں بھائی میں یہ بُعدالمشرقین کن حالات کا پیدا کردہ ہے۔

دونوں نے صلیب پر چڑھے عیسیٰ کے آگے گھٹنوں کے بل بیٹھ کر سر جھکایا ہے تو ڈالفن ڈیفل نے پہلے مسکراہٹ پھینکی پھر چاکلیٹ پھینکے۔

مولود کی آواز پر رات گئے وہ نیند سے چونکے ہیں تو ڈالفن ڈیفل نے دونوں ہی سے کہا ہے کہ ”فادر گاڈ ناٹی بے بیز کو اچھا نئیں مانگتا۔“

لیکن اپنی بیوی کے ساتھ مغربی ملک کو جانے والا اس کا دوست صلیب پر چڑھے عیسیٰ کو یہیں چھوڑ گیا اور مولود کی آواز میں نیند سے چونکانے والا جتنا تاثر تھا اپنی قدآور بیوی کے کانوں میں اس طرح بھر دیا کہ وہ آدھی رات کو بھی چونک کر اٹھی تو اپنے شوہر کا کھانا گرم کرنے کے لئے چولھے کی طرف بھاگی اور اس کے دوست

اسی میں بہتری سمجھی کہ اس کی بیوی مغربی ماحول میں رہ کر بھی فادر گاڈ کی نانی بے بی ہی بنی رہے اور لندن میں رہ کر یثرب کی زمین تلاش کرتی رہے کہ اسی میں اسکے دوست کی بھلائی تھی۔ رہ گئی اُس کی بیوی سو وہ تو گھوڑے پر بیٹھی ہوئی اپنے پپا کو لندن کی گلیوں میں کرکٹ کے نام سے گلی ڈنڈا کھیلتے دیکھتی رہتی۔ اور فادر گاڈ کی نانی بے بی بننا گوارہ نہ کرتی۔

جب اس نے اپنی ٹھنڈی ڈیگچی سے پھدک کر بھاگتی ہوئی چوہیا کو یاد کیا تھا۔ کٹورے سے نکلتے جھینگر کو یاد کیا تھا جو چوہیا کا پیچھا کر رہا تھا —— جب اس کو کھانے کے خیال سے گھن آئی تھی جو وہ کھا چکا تھا تو اُس نے نظریاتی تسکین کو جواز بنا کر خود کو مطمئن کرنا چاہا تھا —— یہ تو زیادتی ہے۔ صریحاً زیادتی —— خود رات گئے لوٹیں بھی، یہ بھی نہ سوچیں کہ بیوی کی نیند خراب ہوگی۔ اُلٹے وہی مجرم ٹھہرے گی کہ کھانا گرم نہیں رکھا۔

پھر اُسے وہ راتیں یاد آئیں جو اس نے بیرونی برآمدے میں گزار دی تھیں کہ کسی کی نیند نہ ٹوٹے اور پھر نہ چاہتے ہوئے بھی اس نے سوچا —— یہ بھی تو زیادتی ہے کہ باورچی خانے کی گندگی میں کھانا اس طرح رکھ دیا جائے کہ بہ یک وقت چوہیا بھی کھائے تم بھی کھاؤ اور جھینگر بھی کھائے —— بھئی سلیقے سے یہی چیزیں میز پر بھی تو رکھ دی جا سکتی تھیں —— کوئی اس کے دل کے چور کو پکڑ کر مین میخ نکالتا۔

لیکن آخر کار اس نے خود کو قصور وار ٹھہرایا۔ یہ سب کچھ تمھارا ہی کیا دھرا ہے۔ تمھارے ہی انقلابی نظریوں نے تمہاری سیدھی سادھی گھریلو زندگی کا حُسن نوچ کر پھینک دیا ہے —— تم نے اُلٹی سیدھی جو باتیں سیکھی تھیں اُس کا پرچار خود ہی اپنے گھر میں کیا۔ وہ زندگی جو تجربوں سے دور تھی۔ وہ زندگی جو انقلاب کے روحانی تصوّر میں ہر تبدیلی قدر

سے ٹکرا کر اتراتی تھی آج اس زندگی کا جنازہ اپنے کندھے پر رکھے تم سوچ رہے ہو، اسے کہیں دفنایا بھی تو نہیں جا سکتا کہ اب تو یہی ہماری زندگی کے اصلی خدوخال ہیں۔

تم اپنی زمین کھو چکے ہو۔

اور اس بے زمینی کا احساس تمھیں اس وقت ہوا جب کہ تمھارے اچھے دن تیزی سے بیت گئے تھے۔ خوش حالی میں آنکھ کھولے ہوئے بچے جب شعور کی طرف بڑھے تو باپ اس قدر مجبور محض تھا کہ وہ جب چاہے اُس کی ہنسی اُڑا سکتے تھے —— اپنی اولاد کی چھوٹی چھوٹی ضرورتوں کو بروقت مہیا نہ کر سکے تو ہر باپ تقدس کی بلندی سے نیچے اتار دیا جاتا ہے —— اور ماں سے نظریاتی اختلافات کی بنیاد اہم حصہ ادا کرے تو پھر اس کی قسمت میں کھڈ بھی ہیں کھائیاں بھی —— ہمارے معاشرے میں باپ معاشی اہمیت کی وجہ سے بڑی اہمیت کا حامل ہے —— اس سے ہٹ کر اس کا وجود، وجود محض ہے —— وہ اپنے گھر کو خوش حالی دے سکتا ہے تو گھر بھر کی محبتیں اس کے ساتھ ہیں۔ وہ ان خوشیوں کی ودیعت کا اہل نہیں ہے تو پیار کے لئے ترس ترس رہ جانا اس کا مقدر ہے —— باپ اور اولاد کا اس سے ہٹ کر کوئی رشتہ ہی نہیں ہے —— اور ماں جب چاہے اس رشتے کے بخیئے ادھیڑ سکتی ہے عورت معمولی سی شے ہے لیکن عورت ماں بن جائے تو عظیم اور ناقابل تسخیر۔

چاہیے مجھ پہ عنایت سے دی توری سی
چاہیے گھر کو یشراف میں جمی توری سی

ممی —— او ممی —— ممی نانا بابا بھی گاتے تھے نا؟

نہیں رے —— وہ نہیں گاتے تھے —— گاتے تھے ان کے حالی موالی ——

تیرا نانا تو گیارہ برس کا تھا کہ لندن چلا گیا —— اور جب آیا تو ——

ممّی ـــــ نانا ممّی تو یہی بولتی ہے۔

یہ سب گاتے ہوں گے نانا ممّی کے کنبہ کے لوگ جو میرے باپ کو گھیرے رہتے تھے ـــــ یہ نانا ممّی ہی نے تو زندگی کا ناس مار دیا۔

نہیں ممّی، نانا ممّی نے کبھی مجھے نہیں مارا ـــــ وہ تو مجھے پیار کرتی ہے مار بلس دلاتی ہے۔ گلاب کی امرتیاں دلاتی ہے ـــــ لیکن ممّی میں یہ گاتا ہوں تو نانا ممّی کبھی روتی ہے کبھی ہنستی ہے۔

اور اس نے پھر تان اُڑائی۔

سبے دی توری سی

یشران میں جمی توری سی

اور جب اس نے منّا کو اٹھا کر چوما تو اس کا جی چاہا کہ منّا کو اس کی فرورتوں کا احساس ہونے سے پہلے خوب چوم لے۔

منّا نے اس کے گلے میں باہیں ڈال کر کہا۔

کلفی ملائی کھاؤ۔

اور وہ کھسیانا سا اپنی جیب میں منّا کے باپ کو تلاش کرنے لگا جو اسے نہیں ملا۔ اور اس کے بعد وہ اپنے آپ کو ڈھونڈتا رہ گیا۔ اپنی ہی تلاش میں سرگرداں جب وہ خود کی کھوج میں اپنے ماضی تک جا نکلا تو بے شمار آئینے اس کی راہ میں ٹوٹے پڑے تھے۔ اور جب جھک کر اس نے ان آئینوں کے ٹکڑوں کو سمیٹنا چاہا تو ہر ٹکڑے میں اس کو اپنا چہرہ نئے روپ میں ملا ـــــ ناک، کان، آنکھیں سب ہی اپنی جگہ پر تھے لیکن ہر چہرے کا مجموعی تاثر دوسرے سے اس حد تک مختلف تھا کہ یہ چہرے

ایک دوسرے کو پہچاننے کے لیے تکے جا رہے تھے۔

بہت تلاش کرنے پر کچھ دیر کے لیے اس کی نگاہ ایک چہرے پر ٹھہر گئی اس نے پلکیں جھپکائیں۔ جیسے آنکھوں کی بے خوابی کنکر بن گئی ہو —— تو تم ہو۔ چلو کالج کے کسی گوشے میں بیٹھ کر تم سے باتیں کروں۔

لیکن اس نوجوان چہرے نے نفرت سے مُنہ پھیرتے ہوئے کہا —— تم کب تک اپنے آپ سے باتیں کرتے رہوگے۔ تمہیں تو ہو جنھوں نے اپنے رومانی انقلابی نظریوں میں اُلجھا کر مجھ میں انسان کو پہچاننے کی صلاحیت ہی سرے سے مفقود کر دی۔ میں کالج سے نکلا تو ہر چیز میں میں نے بنیادی اچھائیاں تلاش کیں۔

لیکن یہ بنیادی اچھائیاں کیا ہوتی ہیں؟

کیا وہ لڑکی جو تمھاری محبوبہ دل نواز تھی بنیادی اچھائی تھی۔

کیا تمھارے سارے آئیڈیل بنیادی اچھائیاں تھے۔

لیکن اُن کی صورتیں کتنی ملتی جُلتی تھیں —— کتنی من موہنی اور جب آئینے کے ایک ٹکڑے میں ایک چہرہ اس کی نظروں کے آگے ٹھہر گیا تو یہ وہی لڑکی تھی جس کو اُس نے جان کی بازی لگا کر اپنانا چاہا تھا۔

اللہ نے صورت اتنی پیاری دی تھی کہ یہ صورت دیکھنے کے بعد اس کے بھیتر جھانکنے کا ہوش کھو بیٹھا تھا۔ آج کی زندگی جب اس کی ہڈیوں کا گودا کھسوٹ کر ناچنے لگی تو اُس نے کتنے ہی بار سوچا۔

وہ اسے پا نہ سکتا تو؟

آج تو اس کے مزاج ہی نہیں ملتے۔ جب چاہا آسمان کو زمین پر اُتار دیا۔ جب چاہا

زمین کو اُٹھا کر آسمان پر دے مارا۔ منٹ بھر میں اسی کو پاتال میں پھینک دیا۔ اور ہر صورت میں مگن ہو گیا۔ اس کے مزاج کی یہی بے تعلقی دراصل اس کی کامیابی کا راز تھی۔ زبان کی کاٹ کہتے ہیں تلوار کی کاٹ سے کہیں زیادہ ہوتی ہے۔ ہوتی ہوگی۔ نہیں بھی ہوتی ہوگی۔ اسے ان ساری باتوں سے کچھ لینا دینا نہ تھا۔ گھاؤ لگا کر اتنی آسانی سے بھول جاتی۔ اب بیٹھے تڑپا کرو۔ زخم مندمل ہو جائے تو خوش ہو لو۔ اسے نہ زخم ہرے کرنے کا دکھ ہے نہ اندمال کی خوشی۔ یہ اپنا اپنا معاملہ ہے۔ نپٹا کرو۔ اور وہ پھر اسی لڑکی کی تلاش میں نکل پڑتا۔ جو بظاہر اس کے پاس ہی تھی۔

جب اس نے تن من وار کر پاگلوں کی طرح اُس کو چاہا تو کبھی یہ نہ سوچا کہ یہ منہ مری لڑکی جو اپنے چھوٹے بھائی کی ہر زیادتی کو آنسوؤں کی صورت بو لیتی ہے۔ اور سسکیوں کی فصل اُگ آنے پر خود ہی کاٹ بھی لیتی ہے۔ دراصل ایسی کھیتی نہیں ہے جس میں محبت مہک مہک کر لہلہاتی ہو —— بلکہ چھوٹے بھائی نے جب ممی کی محبت کو اپنی ملکیت کے طور پر یکہ و تنہا قبول کر لیا تو پھر کوئی مدِ مقابل نہ تھا۔ بات پوری بھی نہ ہوتی کہ مان لی جاتی۔ خواہش کا دوسرا نام خواہش کی عدم تکمیل ہی تو ہے۔ یہاں تو یہ ہوتا کہ ممی کی خواہشیں پیدا کرتی ہی ان کی تکمیل کے لیے تھیں اور بڑا بابا ممی کی اقلیمِ محبت کو خواہشوں کے گھوڑے دوڑا دوڑا کر تاراج کرتا۔ اب یہ اس کا مزاج ہو گیا تھا۔ کون تھا جو آڑے آتا اور اپنے وجود کی دھجیاں بکھرتا دیکھ کر بھی اپنی آنکھیں کھلی رکھ سکتا۔ سو اس نے بھی آنکھیں بند کر لیں۔ بڑی بہن تھی بڑے بابا سے بڑی۔ —— اسی ممی اسی پپا کی بیٹی۔ اسی ڈالفن ڈفیل کی پروردہ جس کا فادر گاڈ نانی بے نیز کو اچھائیں مانگتا —— لیکن بڑے بابا نے جب سارے گھر کو آئینے دکھلائے تو

تو پہلے پہلے اس نے اپنی صورت پہچاننے سے انکار کر دیا۔

میں بھلا یہ کیوں ہوتی ؟

میری رگوں میں بھی وہی خون ہے جو تمہاری شریانوں میں ہے، بڑے بابا یہ مت بھولنا۔

لیکن اسے دیر میں معلوم ہوا کہ لہو کے رگوں اور شریانوں میں ہونے سے کچھ نہیں ہوتا۔ لہو رگوں اور شریانوں میں نہیں ہو، کیا ناخنوں میں ہوگا۔ جن ناخنوں سے اس نے اپنی ہستی کا منہ نوچ کر رکھ دیا۔ ویسے سنتے ہیں بہادر شاہ ظفر کا خون غوثو میاں بھڑ بھونجے بھی ہے۔ تاریخ میں ایسی کوئی بات درج نہیں، لیکن خود غوثو میاں نے ہم سے یہ بات رازداری میں کی تھی تو گلہ رُندھ گیا تھا ـــــ اب گلہ تو اس کا بھی رندھا رندھا سا رہتا۔ بھیگی ہوئی آنکھیں دکھائی نہ دیں تو رُندھا ہوا گلہ چغلی کھاتا ہے۔ سرے سے کوئی بات ہی نہ کرے تو اور بات ہے ـــــ اب اس نے بھی جیسے چپ چپ رہنا سیکھ لیا تھا آئینے میں اپنی صورت پہچان لی تھی ـــــ بس ایک بار ہمت کر کے بڑے بابا کو اتنا سمجھا دینا چاہا کہ اپنی حکومت ممی ہی پر چلاؤ۔ پپا کا سایہ سر سے کیا اُٹھا ممی کی مت ماری گئی۔ تم ان کی ہمسری تو نہیں کر سکتے۔ پپا، پپا تھے۔ ممی، ممی ہے اور تم، تم ہو۔ لیکن جب اُس نے یہ بات کہہ دی تو اس کو سب ہی چہرے یکساں نظر آئے ـــــ پپا، پپا تھے۔ ممی، ممی ہیں، نہ تم، تم ہو ـــــ ہم نے کب کسی کو پہچانا ـــــ اصلی چہرہ تو ڈالفن ڈیفل کا تھا جسے فادر گاڈ نہ جانے کہاں اُٹھالے گیا۔ پپا کی آنکھیں بند ہوئیں تب بھی ڈالفن ڈیفل چار ماہ بغیر تنخواہ کے رہی۔ پھر کسی اسکول کے ہیڈ ماسٹر سے اپنے علاحدہ بچے پیدا کرنے کا پرائمنٹ کیا اور اس کی نک ٹائی بن گئی۔ اس کے بعد جب ممی نے دیکھا کہ لندن تو ہیڈ ماسٹر اٹھا

لے گا اور بچوں کے پتا نے یثرب کی تمنا میں جنت کی راہ لی تو انھوں نے اپنی عقل کا تاج بڑے بابا کے سر پر رکھ دیا۔ دوسرے بھائی بہن تو پیدا ہی اس لئے ہوئے تھے کہ مانگے کی زندگی جئیں۔ انھوں نے خود اس طرح سمجھوتہ کرلیا جیسے خود ممی اور بڑے بابا ان کی بے نیازی اور قلندری سے سمجھوتہ کر رہے ہیں — لیکن وہ اکیلی رہ گئی۔ ورثے میں جتنی ضد مل سکتی تھی سمیٹ لائی تھی وہ بھی — اجداد کے مزاج کا ورثہ تقسیم ہوا تھا تو ساری انانیت اور ضد، ساری خود پسندی اور خوش فہمی ایک بڑے بابا ہی کے حصے میں کیسے آئی — اس نے بھی آواز بلند کی اور جو جو مل سکتا تھا بھر لیا۔ بس یہی ورثہ اس کے لیے آفتِ جاں ٹھہرا جو اس نے دو چار حملوں میں بڑے بابا کی فوقیت تسلیم کی۔ ورنہ دوسرے بھائی بہنوں کی طرح قلندری کا پیشہ بھی اسی گھر سے چلا تھا۔ جب اپنانا اس کے بس میں نہ بھی تھا تو پہلے ہی حملہ میں وہ زیر تو ہو جاتی، لیکن اپنا کس بل آزمائے بغیر اس سے نہ رہا گیا — اور جب پندار ٹوٹا تو وہ بڑے بابا کے آگے ہاتھ جوڑے کھڑی تھی — سب سے زیادہ سرکش سب سے زیادہ فرمانبردار — اور اس فرماں برداری کی ٹھنڈک کے نیچے سرکشی کی بارود کیموفلاج ہو گئی تھی۔ اور جھیل کی سطح پر نظر آنے والے کنول، تہہ میں چھپی کیچ اور جھاڑ پھوس پر اس طرح چھا گئے کہ بارود برف بن گئی تھی۔

اور ایسے میں اپنے رومانی انقلابی نظریوں کے نشے میں جھومتا جھامتا وہ برفائی ہوئی بارود سے چمٹ گیا۔

معاشرہ فرد میں بھی سانس لیتا ہے، گھر میں بھی، شہر میں بھی — اور اب تو ایک تہذیب مر رہی تھی، دوسری جنم لے چکی تھی اور رحم اں عنوں کر رہی تھی —

جاگیرداری چاندی کے برتن کھو چکی تھی اور اب اناج کی فکر میں تھی۔ کسان کو اس بات کا علم ہو چکا تھا کہ فصل کاٹنے والے ہاتھ فصل کے مالک ہوں بھی تو کیا ہوتا ہے —— ذہنی بعد کی اس خلیج کو پاٹنا اب کسی کے بس میں نہ تھا کہ مشینوں کی گھڑ گھڑاہٹ نے ڈھولک پر تھرکتے ہوئے گیتوں اور رہٹ پر اُڑتی ہوئی تانوں سے کہا کہ اب چپ ہو لو۔

وقت کے اس موڑ پر ترقی پسندی کا اثاثہ لے کر جب وہ ازدواجی زندگی میں داخل ہوا تو عورت اس کے پاس مظلوم تھی۔ اس کو اس کے سارے حقوق دلانا ازحد ضروری تھا اور جیسے یہ سارا کام اسی کو سونپا گیا تھا۔

کہاں دُلہن بنی بیٹھی تھیں کہ فہمی آپا جگ بھر میں گھومتی پھرے ہیں۔

اجی سُنا بھی وہ جنگو میاں کی لونڈیا کو لئے لئے گھومے ہے تمھارا انقلابی۔

نہ پردہ نہ نقاب، مت ماری گئی ہے لونڈے کی۔

لو بھئی، اب تو وہ اکیلے بھی گھومے پھرے ہے۔ دھرارہ جائے گا انقلاب۔

اور جب اس نے سمجھانا چاہا کہ سنئے بھی مجبوریہ دل نواز کچھ ہماری تہذیب بھی ہے۔ ہماری اپنی تہذیب وہ آپ سے کچھ (LIMITATION) بھی چاہتی ہے۔ اس کا اپنا بھی آپ سے کچھ مطالبہ ہے۔ اس کے دائرے میں رہ کر ہی اپنی نسوانی آزادی کا لطف اُٹھائیں۔ دیوار ڈھانے میں اور دیوار پھلانگنے میں جو فرق ہے وہ فرق تو ملحوظ رکھنا ہوگا۔

لیکن ڈالفن ڈیفل کا فادر گاڈ ناٹی بے بیز کو نیپس مانگتا تھا۔

چچا یثرب کی زمین جنت میں خرید چکے تھے۔

بڑے بابا نے مٹی کی اقلیم محبت کو خواہشوں کے گھوڑوں سے تاراج کر دیا تھا۔

اور اس کی فرماں برداری کی ٹھنڈک کے نیچے سرکشی کی بارود کیمو فلاج ہو گئی تھی۔

اور جب برف پگھلی اور نیچے دبی گیلی بارود کو محبت کی حدت نے آنچ دی تو چھوٹے سے ایک گھر کی چھوٹی سی زندگی تہس نہس ہو کر رہ گئی اور ایک نوجوان ذہن کی ترقی پسندی اپنے ہی گھر کی چار دیواری میں اپنے آدرش کی انگلی تھامے ٹھوکریں کھاتی پھری اور ایک رومانی انقلاب گھر کا اثاثہ اٹھا اٹھا کر بازار میں پھینکتا رہا۔

اور جب اس کے حواس بجا ہوئے تو اس نے دیکھا۔

کچھ گنے چنے وہ لوگ جو، ان نظریات کا پرچار کرتے اور نوجوانوں کی امامت کرتے تھے وہ انقلابی پرچم کو بڑی احتیاط سے تہہ کر کے دروازے کے پٹ کے پیچھے چھپا دیتے ہیں تب کہیں گھر تک قدم رکھتے ہیں۔

ان کی بیویاں گھر کی چار دیواری میں ٹھنکی ہوئی ایسی کھونٹیاں ہیں جن پر وہ پتلون بھی لٹکا سکتے ہیں تہہ بند بھی ـــــ جب ضرورت ہو کپڑے اتارے اور کھونٹی پر ٹانگ دیئے۔ جب جی چاہا ہاتھ بڑھا کر کھونٹی کو بوجھ سے نجات دی۔ اپنی عریانی کو ڈھانپا اور باہر نکل پڑے۔ چلتے چلتے وہ پرچم اٹھا لیا جو کواڑ کے پیچھے چھپا رکھا تھا ـــــ لیکن اس نے یہ سارے گُر سیکھے نہیں تھے۔ کس طرح ذہن کو الکٹرسی کے اس بورڈ کی طرح استعمال کرنا چاہئے جس میں کھٹکے لگے ہوئے ہوں۔

گھر کا کھٹکا جس سے بیوی بچوں کو اندھیرے یا اجالے ملتے ہوں۔

باہر کا کھٹکا جس سے دوستوں اور اس کی اپنی زندگی کو اندھیرے یا اُجالے

ملتے ہوں ـــــ سیاسی کھٹکا۔ ادبی کھٹکا ـــــ یہاں تک کہ کھٹکوں کا کھٹکا۔

اور یہ کھٹکے اس کو اس وقت سمجھ میں آئے جب کہ اس نے اپنا سارا بورڈ ہی اپنے گھر والوں کے حوالے کر دیا تھا۔

اور پھر اس دن اس نے بڑے رشک سے اپنے چہیتے انقلابی شاعر کو دیکھا جس کا یوم اُردو محل میں منایا گیا تھا ـــــ اور جب وہ فتح و کامرانیوں سے لدا پھندا۔ پھولوں کے ہاروں میں ڈھکا چھپا ایک خوب صورت سی اونچے گھرانے کی شوقین شاعرہ کے ساتھ روانہ ہو چکا جو ہندی میں سوچتی اور انگریزی میں شاعری کرتی تھی۔ ـــــ اور پھر جب اس کے عقیدت مند، اس کے دوست احباب، اس کے فن کے پرستار سب ہی جا چکے تھے تو اس نے دیکھا کہ شاعر کی بیوی اور اس کی بیٹی گیٹ پر کھڑے رکشا چکار رہے تھے۔ آج کی مسرتوں میں ان کا فخر شرمسار تھا اور دو ایک نوجوان رکشا کی فراہمی کے نام پر ڈھکی چھپی ہمدردی انھیں دینے کی فکر میں تھے۔

اس نے سوچا کیا ویٹ نام، ہنگری اور چیکوسلواکیہ ایک ہی دروازے سے برآمد ہوتے ہیں، اور ضرورت پڑنے پر ایک ہی دروازے میں داخل ہو جاتے ہیں ہم سچائی کو کہاں پکڑ سکتے ہیں ـــــ اس دروازے پر بھی نہیں جہاں شاعر کی بیوی رکشا چکی رہی ہے۔ اس گیٹ پر بھی نہیں جس سے پھولوں سے لدے شاعر کا موٹر روانہ ہوا ہے ـــــ پھر وہ اپنی ہی حماقت پر مسکرانے لگا ـــــ سچائی پکڑی ہی کیوں جائے ـــــ اس کو کھوجنا ضروری ہی کیا ہے۔ جینے کا یہ بھی تو ایک طریقہ ہے۔

ڈالفن ڈیفل کے فادر گاڈ سے یثرب کی زمین کا کوئی تعلق نہیں۔

کسی ذہن کی کسی ترقی پسندی سے کسی گھر کی کسی چار دیواری کا کوئی تعلق نہیں۔

کسی ذہن کی کسی ترقی پسندی سے کسی گھر کی کسی چار دیواری کا کوئی تعلق نہیں۔
اردو محل کا ویٹ نام سے کوئی تعلق نہیں۔
ویٹ نام کا ہنگری سے کوئی تعلق نہیں۔ اور ہنگری کا چیکو-سلواکیہ سے کوئی تعلق نہیں۔ سب کے کھٹکے جدا جدا ہیں۔ سب کے کھٹکے الگ الگ ——— اور اس نے سارے کھٹکے آف کر دیئے اور تیز تیز قدم اٹھاتا اپنے گھر کی طرف چلا اس لئے کہ گھر دور تھا۔
اور جیب خالی تھی۔ اور کوئی رکشہ چلانے والا اس کا ذہنی رشتہ دار تھا نہ ذہنی ——— اور کون رشتہ کس کے کام آیا ہے۔

لیکن یہ سب کچھ جان کر بھی اس کی اداسی کا سبب کیا تھا؟

۱۹۶۹
(کتاب۔ لکھنؤ)

بیربہوٹی

جب بٹن کے اوسان ٹھکانے لگے تو مسٹنڈا بلو دین تہمد سے ہاتھ پونچھ رہا تھا اور
اور روشنیاں بھکابھک جل رہی تھیں — چُندھیائی ہوئی آنکھوں سے بٹن نے
دیکھا تو کوری صحنک میں جلتا ہوا عود روشنیوں پر دھواں اُچھال کر یلغار کر رہا تھا۔
اور کتنے ہی لوگ تھے جو بٹن کو گھیرے ہوئے تھے اور پانی کے چھپاکوں کا سلسلہ
ابھی ابھی ٹوٹا تھا۔ یہ بات بٹن نے اپنے بھیگے بھیگے چہرے سے بعد میں محسوس کی۔
پہلے تو ٹھوڑی سے گلے پر اُتر کر سینے کے بیچوں بیچ جو ایک ٹھنڈی ٹھنڈی سی دھار
رینگ رہی تھی اُسی نے بٹن کو چونکایا۔ مکان کیا تھا اُجڑی اُجڑی سی ایک حویلی تھی۔
بھائیں بھائیں کرتے سنّاٹے چاروں طرف پھنکارتے تھے۔ جب بٹن اپنی ممی اور چھوٹے
بھائیوں کے ساتھ اِس حویلی میں اُتری تھی تو بھیگی ہوئی شام کی اداسیوں نے ساری
حویلی پر یوں قبضہ کر رکھا تھا جیسے کوئی دل ہی دل میں سسک رہا ہو۔ ہری کائی جمی
کالی دیواریں پھوار سے مُنہ دھو رہی تھیں لیکن لگتی تھیں کہ بوند بوند آنسوؤں میں
رو رہی ہیں۔ حوض میں پانی اُتھلا اُتھلا تھا۔ فوّارہ یوں ٹوٹا تھا کہ پانی اُچھل کر حوض

میں گرنے سے پہلے سمنٹ کے بنے کنول پر سر پھوڑتا ہے اور ڈر ڈر کر یوں حوض میں گرتا تھا جیسے زندگی کبھی لاش کو اُتارنے کے لیے قبر میں اُترتی ہو۔ فرق صرف اتنا تھا کہ زندگی قبر سے باہر نکل آتی تھی' لیکن ٹوٹے فوّارے کا پانی حوض ہی کا ایک حصّہ ہو جاتا تھا' جس میں ڈھیر ساری ٹوٹے گھڑوں کی ٹھیکریاں تھیں۔ شیشوں کے ٹکڑے تھے چھوٹے بڑے پتھر تھے۔ ڈوبی ہوئی کاغذ کی کشتیاں تھیں اور کتنے ہی مینڈکوں کے مُردہ جسم ہاتھ پاؤں پسارے' پیٹ آسمان کی طرف کیے چت پڑے سطح پر تیر رہے تھے۔ دو ایک جو زندہ تھے وہ ڈرے سہے کونوں میں چھپتے تھے۔ کبھی کبھی ٹرٹراتے تو کہیں سے ایک پتھر یا ایک ٹھیکری ٹڑق سے پانی میں آکر گرتی اور اُن کی ٹرٹریوں بند ہو جاتی جیسے بھائیں بھائیں کرتی حویلی کی پھنکار سے سہم گئی ہو۔

منّی کو یوں لگا جیسے اس گھر میں وہ ساری کیفیتیں مجسّم ہیں جو پی۔ یو۔ سی میں ناکام ہو کر خوب خوب رونے کے بعد اس پر طاری ہو سکتی ہیں۔ بھاری بھاری سوچ سے عاری دماغ' بوجھل بوجھل پپوٹوں کے ڈھکنے' وہ بھی ایسی خالی خالی آنکھوں پر جن میں مزید رونے کے لیے کچھ دھرا ہو —— پھر اسے یکایک خیال آیا یہ حویلی اس کے بابا کی طرح ہے جسے ڈھا دینے کو جی کرتا رہے۔ چپ چپ سی اداس اداس کوٹھی کیا کھڑی ہے۔ ابّا کھڑے ہیں اور اس نے سوچا ایسا کیوں ہو رہا ہے —— جی امڈ امڈ کر آ رہا ہے۔ بھلے سے کہیں کونے میں چھپ کر رو لوں —— اور جب وہ اٹھ کر کونے میں گئی تو آنسو تھے پر آنکھوں کا راستہ بھول گئے تھے۔

عجیب سی وحشت تھی۔ کیا نام دوں بھلا اس غم کا کہیں اُور چھور ہی نہیں۔ میں مُردہ مُردہ سی کیوں ہو گئی —— منّی کا جی نہ چاہتا تھا کہ وہ اس بات کو مان لے کر سر پر

کھڑا امتحان دراصل اُداسیوں کا سبب ہے۔ کوئی لُٹیرا دل کی ساری دُنیا کو تاراج کرنے والا لُٹیرا۔ کبھی ذہن پر چھائے بادل چھٹتے تو چہرہ دیکھا جاتا لیکن یہ صورت پہچانی نہ جاتی، یہ تھا کون۔ یہ ہے کون ــــ امتحان امتحان ــــ کوئی کانوں میں چلاّ جاتا ــــ تم امتحان سے ڈر گئی ہو بٹّن۔

پہلے پہلے ممّی کہتی تھیں میری بٹّی ڈاکٹر بنے گی۔ پی۔ یو۔ سی فرسٹ ڈویژن میں پاس کرے گی تو بٹّن کو یوں لگتا جیسے وہ ڈاکٹر بن گئی ہے اور وہ ممّی کی گردن میں بانہیں ڈال کر جھول جاتی۔ ممّی بٹّن کو خیالوں میں ڈاکٹر بنا کر چُپ ہو رہتیں تو بات بھی تھی لیکن وہ ہر آنے جانے والی سے کہتیں، فزکس، کیمسٹری، باٹنی، بیالوجی ــــ میری بٹّن یہ سب پڑھ رہی ہے۔ وہ ڈاکٹر بنے گی ــــ تو بٹّن اِترا اترا کر گھر بھر میں یوں گھومتی پھرتی جیسے اسپتال میں مریضوں کا معائنہ کر رہی ہو۔

ساتویں جماعت میں فیل ہوئی تھی تو ممّی نے بٹّی کو مشن اسکول سے نکال لیا۔ ممّی سمجھتی تھیں کہ وہ اور اس کی بٹّن دُنیا کے ہر ناممکن کام کو ممکن بنا سکتے ہیں ــــ اسٹروناٹس چاند کے پیچھے پڑے ہیں۔ ایسے چاند کے پیچھے جس میں دور دور تک زندگی کا شائبہ نہیں ہے۔ ممّی کی دِتّن امریکہ میں پیدا ہوتی تو وہ اور بٹّن سیدھے مریخ پر پرواز کرنے کے منصوبے بناتے۔ ویسے اب تو مریخ میں بھی کیا دھرا ہے۔ ممّی نے کہیں سُن رکھا تھا کہ کسی بڑے آدمی کی ڈکشنری میں ناممکن لفظ سرے سے تھا ہی نہیں۔ پہلے جب اس نے یہ بات سُنی تو سمجھا کہ غلطی سے چھوٹ گیا ہوگا ــــ یہ بڑا آدمی کیسا بڑا! آدمی تھا جو دوسری ڈکشنری بھی نہ خرید سکتا تھا۔ جس میں سارے لفظ ہوں ــــ لیکن جب بٹّن نے اصلی بات سمجھائی تو پھر ممّی نے اپنی ڈکشنری سے بھی اس لفظ کو نکال پھینکا ــــ ڈکشنری اپنی جگہ دھری گرد میں اٹی رہی۔ یہ لفظ

وہاں سے نکل کر رینگتا رینگتا بجن کی زندگی میں داخل ہو گیا۔ اور ساتویں جماعت سے ایک دم پرائیوٹ میٹرک میں بیٹھنے والی بجن دو بار فیل ہو کر تیسری بار کامیاب ہو سکی۔ ممی اتنی خوش ہوئیں کہ اس کے ڈاکٹر ہونے کا اعلان کروالا۔ اس اعلان پر بجن پھولی نہ سماتی تھی۔ لیکن جب سائنس کی کتابیں کھلیں تو بجن نے محسوس کیا کہ لوہے کے چنے چبائے نہ جائیں تو تھوک کے تو جا سکتے ہیں۔ لیکن نہ کمسٹری، بیالوجی، نہ چبائی جاتی ہے نہ نگلی جاتی ہے۔ رہ گیا آخ تھو کر کے تھوک دینا، سو اُسے ممی نے ناممکن بنا دیا تھا۔ کہاں ممی اُس لفظ کو ڈکشنری سے نکالنے چلی تھیں، کہاں اس لفظ کو بجن کی زندگی میں ٹانک کر رکھ دیا۔

پہلے ہی امتحان میں وہ ناکام ہو گئی۔ سوالات کے پرچے عفریت بن کر ڈراتے تھے۔ سفید پر سفید جوابات کی کاپیاں بجن کے قلم کے لمس کو ترستی تھیں اور بجی کے دماغ میں سرکس کے جوکر کی اُلٹی ٹوپیوں کی طرح اُڑنے والے بگولے سائیں سائیں کرتے گھستے تھے۔ بجن چاہتی تھی کہ رو پڑے لیکن امتحان ہال گھر کا گوشہ تو تھا نہیں اور اسی لیے بجن رو نہ سکی۔ پرچہ دے کر گھر لوٹی تو ممی نے پوچھا۔

"کیسا کیا بجن ؟"

کہنے لگی: "بہت اچھا کیا ہے، بہت اچھا۔"

گھر میں چمگادڑیں اڑتی پھریں تو کیسا لگتا ہے۔ بجن جب ممی سے کہہ رہی تھی کہ پرچہ بہت اچھا کیا تو یوں لگا کہ سینے میں چمگادڑیں اُڑ رہی ہیں اور ابا میاں اُڑاتے پھر رہے ہیں۔ یہ ابا میاں ایک ہی منحوس آدمی ہیں۔ اُڑتی چمگادڑیں یوں گن لیتے ہیں جیسے سب کی سب انھیں کی چھوڑی ہوئی ہیں۔

ممی نے پکارا۔ رحیمن ذرا بجن کے لئے دودھ لانا، ہارلکس لانا ___ میں سب سے پہلے

رحمن کا علاج تم سے کرواؤں گی ڈاکٹر ____ " دو تین گولیاں ایسی دینا کہ اس کے جوڑوں کا درد بھری جوانی کی اُمنگیں بن جائے۔"

ہاں بیٹا جلد سے جلد بن جاؤ ڈاکٹر۔ یہ امتحان کامیاب کرو گی تو گولیاں دو گی نا مجھے!"

" اور سنو، ڈاکٹر بی بی۔ ذرا میرا بھی خیال رکھنا۔ مفت لال ہوں۔ سو ب دوا مفت لوں گا"

____ دروازہ میں داخل ہوتا ہوا لانڈری والا بٹن کے دُھلے اُجلے کپڑے ممّی کی طرف بڑھاتے ہوئے کہتا۔"

عطو آنٹی تاک میں رہتیں۔ مکان جو سامنے ہی تھا۔ کھڑکی کھلتی اور چق ہٹا کر وہ آواز دیتیں ____ " بٹن کی ممّی ____ بٹن کی ممّی۔"

" ہاں آپا ____"

" بٹن کی ممّی وہ پلا دیا تھا بٹن کو۔؟"

" ہاں آپا پلا دیا تھا۔"

" آیت پڑھ کر پھونکی تھی نا؟"

" ہاں آپا، پچیس بار ورد کرنے کو کہا تھا نا تم نے۔"

" کیسے کیے پرچے اس نے؟"

" بہت اچھے کیے ہیں، خوش خوش آئی ہے۔!"

بٹن مسکرا مسکرا کر یہ سب سُنتی۔ لیکن کون جانتا تھا کہ بٹن مسکرا نہیں رہی ہے۔ بس سینے میں پھڑ پھڑاتی چمگادڑیں اُڑا رہی ہے۔

بابا آتا ہوا نظر آتا تو بٹن جل کر رہ جاتی۔ اُلجھی اُلجھی بھٹکی بھٹکی نظروں چہروں پر ڈال کر چپکے سے گزر جانے والا بابا کچھ کہے سُنے بغیر غم اور خوشی کے درمیان خطوط کھینچتا پھرتا

تھا۔ بِٹّن مسکرانا بھول جاتی تھی۔ اس کو وحشت سی ہوتی تھی۔ یوں لگتا تھا جیسے وہ مسکرائے گی تو بابا چیخ پڑے گا۔

مسکرا رہی ہو بِٹّن کے زخموں پر نمک چھڑک رہی ہو۔

اور وہ منہ پھیر لیتی۔ کتنی ہی چمگادڑیں بابا ہنکاتا ہوا لاتا اور سب کی سب بِٹّن کے سینے میں چھپ جاتیں۔ اِس لیے کہ بِٹّن کے سینے میں بہت زیادہ اندھیرا ہوتا اور وہ ٹھوکا لگا کر اپنی امی سے کہتی ـــــ "ممی ممی، بابا آ رہے ہیں"۔

"تو آنے دے ـــــ پچپن بار تو کیلا ہے۔ ایک سو پچیس بار آیتیں ورد کر کے پھونکوں گی۔ خدا کا کلام ہے۔ کچھ ان کا اُلٹا سیدھا لکھا تو ہے نہیں"۔

"وہ تو پھونک لینا ممی ـــــ پر وہ اگر پوچھیں کہ پرچے کیسے کیے تو میں کیا کہوں"۔

بِٹّن کو اپنی کہی ہوئی بات کا فوراً ہی احساس ہو جاتا۔ جب وہ مطمئن ہے۔ جب اس نے پرچے اچھے کیے ہیں تو اس میں ممی سے پوچھنے کی کیا بات ہے۔

"کیسے کیے پرچے بِٹّن؟"

بِٹّن کو یوں لگتا جیسے بابا کہہ رہا ہے۔ میں جانتا ہوں تم نے پرچے خراب کیے ہیں۔

وہ بے دلی سے ٹال جاتی ـــــ "ٹھیک ہی کیے ہیں"۔

ٹھیک ویک نہیں، بہت اچھے کیے ہیں ـــــ کہتی کیوں نہیں رانڈ۔ ممی اس طرح بجلی بن کر گرتیں کہ سارے میں آگ لگ جاتی۔

بابا دبی زبان میں کہتا ـــــ "تم بگڑو مت بھئی ـــــ بہت اچھے پرچے کر کے کم بولنا دانش مندی ہے"۔

اجی چھوڑیے بھی یہ دانش مندی کسی اور کو سکھائیے ـــــ وہ دراصل آپ سے گھبراتی

ہے۔ آپ کو دُنیا بھر کی باتوں کا تو یقین آتا ہے لیکن جھوٹی ہے تو بٹّن ہے ــــ جھوٹی ہوں تو میں ہوں۔ آپ ہماری بات پر یقین کب کرتے ہیں ــــ اب وہ کیا خاک بتلائے گی کہ اس نے بہت اچھے پرچے کیے ہیں۔ اچھے پرچے تو بس آپ کے خاندان کی لڑکیاں ہی کرتی ہیں۔"

بابا کھڑا ہٹ مٹ کبھی بٹّن کا کبھی ممی کا چہرہ تکتا۔ یوں لگتا جیسے اُس کی آنکھوں میں کوئی سمندر کھڑا ہے جو اُبل پڑے گا تو سب کو لے ڈوبے گا۔

بٹّن کو بابا کے اِس ہارے ہوئے وجود سے گھن آتی اور وہ ممی کے زانو پر سر رکھ کر آنکھیں موند لیتی۔

بابا کچھ کہے سُنے بغیر لوٹ جاتا اور بٹّن اُسے واپس جاتا ہوا دیکھ کر ممی سے چمٹ جاتی۔

بابا کتنا خطرناک آدمی ہے بٹّی سوچتی۔ مستقبل کی یوں نشان دہی کرتا ہے جیسے ہماری ہتھیلیوں کی لکیریں اسی کے قلم کی رہینِ منت ہیں ــــ کھڑا کھڑا چپ چپ سا، یوں دور دور دیکھتا جیسے آنے والے دنوں کو دیکھ رہا ہو۔

جی چاہتا ہے اُس کی آنکھیں پھوڑ ڈالیں۔

بیر بہوٹی کو چھو لیں تو کس طرح پیر سکوڑ لیتی ہے۔ کسی لمس سے واسطہ نہیں۔ چھونے والے انسانی ہاتھ ہوں یا سوکھے ڈنٹھل۔

بٹّن سوچتی میر روح بیر بہوٹی کی طرح پیر سکوڑ کر کہیں میرے اندر ہی بیٹھ گئی ہے۔ اس روح کو بابا نے پہلی بار اس وقت چھوا تھا جب میں ساتویں جماعت میں فیل ہوئی تھی۔ لیکن ممی آڑے آئیں۔ اور مجھے ایک دم سے میٹرک میں بٹھا دیا ــــ کیسا اچھا لگتا تھا

جب میں اپنی سہیلیوں سے کہتی تھی' میں میٹرک میں پڑھتی ہوں۔

ممی کہتیں ـــــ "بٹن تو میٹرک کا امتحان دے رہی ہے"۔

اماں میری ـــــ "اِتی سی جان اور میٹرک کا امتحان"۔

کوئی کہتا ـــــ "تو میٹرک کا امتحان دے گی بٹیا؟"

'مجھے لگتا ممی کیسی پیاری سی ہیں۔ کیسی میری اہمیت خاندان بھر میں بنا کر رکھ دی۔ بابا نے بہت سر پیٹا کہ میں اپنے اسکول سے نہ نکلوں' اسی کلاس میں پڑھوں جس میں فیل ہوئی ہوں' لیکن ممی نے وہ آڑے ہاتھوں بابا کو لیا کہ اس کی ایک نہ چلنے دی۔ اور وہ بھی بیر بہوٹی بن بیٹھا' مجھے کتنی خوشی ہوئی' لیکن پاؤں سکیڑ کر چپ رہتے رہتے بابا نے ایک کمینہ پن یہ کیا میرے مستقبل کے بارے میں بغیر زائچہ دیکھے بہت کچھ کہہ گیا۔ ممی لیکن اس سے ڈری نہیں۔ ممی تو بابا کی ہر بات کو چیلنج سمجھ کر قبول کر لیتی تھی۔ وہ گھگھیا جاتا تھا۔ پھر بیر بہوٹی بن جاتا تھا۔ ـــــ اور میں ـــــ میں تو دل ہی دل میں تالیاں بجاتی تھی۔ جی چاہتا تھا چلّا کر کہہ دوں ـــــ دیکھو دیکھو یہ بابا ہے یا بیر بہوٹی۔

لیکن دن گزرتے گئے تو میں سوچنے لگی ـــــ یہ بابا بیر بہوٹی تھا یا کاتب تقدیر تھا۔ اور میری روح میں کوئی چیز تیزی سے سکڑ گئی ـــــ اور بابا آہستہ آہستہ میری تعلیم سے بے تعلق ہوتا گیا۔ ممی جو چاہے کرتی رہیں۔ کون کہتا ہے کہ اس نے میرے لئے بُرا کیا ـــــ ایک دن ممی نے کسی کتاب میں پڑھا تھا' "سچ برداشت نہیں ہوتا ہے"۔ وہ پڑھ رہی تھیں۔ میں سن رہی تھی۔ جانے کیوں میرا خیال بابا کی طرف چلا گیا۔

'اور جب ممی نے آگے پڑھا کہ سچ کبھی مر نہیں سکتا ـــــ تو میں نے کتاب جھپٹ لی اور پھینک دی۔ ممی نے برہم ہو کر مجھے دیکھا ـــــ میں اس سے لپٹ کر ہنستی رہی۔

میں کیسے پوچھ سکتی تھی کہ —— کہ —— کیا بابا کبھی نہیں مر سکتا تھا۔

بٹن یوں ہی اندر سے ٹوٹتی رہتی، کبھی کبھی اس کا جی چاہتا —— ممی کے زانو پر سر رکھ کر پھوٹ پھوٹ کر رو لے اور پھر آہستہ سے اس سے کہہ دے۔ ممی بابا ٹھیک ہی کہتا ہے ہم کیوں ضد کریں —— میٹرک میں میں نے سائنس نہیں پڑھی۔ اب پی۔ یو۔ سی میں یہ لوہے کے چنے مجھ سے چبیں گے نہیں لیکن میں جانتی تھی کہ ممی ہارنے والی نہیں ہیں۔ یہ ان کی پرسٹیج کا مسئلہ ہے، اور ان کی پرسٹیج میری اپنی پرسٹیج ہے۔ بابا کہتا ہے۔ بٹن کی ممی تم ہر بات میں ضد کیوں کرتی ہو۔ اس میں بھلا ضد کی کیا بات ہے۔ کوئی ماں اپنی بیٹی کو ڈاکٹر بنانا چاہتی ہے تو بُرا کیا ہے۔ بابا کہتا ہے کہ ہم خود فریبی میں کیوں مبتلا رہیں۔ وہ دھوکا جو آدمی کو خود دے لیتا ہے سب سے خطرناک دھوکا ہے۔ واقعی اس مسئلہ کو اپنی پرسٹیج کا مسئلہ کیوں بنائیں، لیکن بعض وقت آدمی خود کو دھوکہ نہ دے لے تو زندہ رہنا دشوار نظر آتا ہے۔

"جی ہاں، ہم دھوکے باز ہیں، جھوٹے ہیں، خطرناک ہیں —— بابا کی کہی بات پر ممی کا ردِ عمل توانائی بخشتا —— لیکن جب بٹن دوسرے سال بھی فیل ہو گئی تو بابا اس طرح خاموش تھا جیسے وہ سب کچھ جانتا تھا —— جیسے پرچے اسی نے سٹ کیے تھے، اسی نے جانچے تھے اور اسی نے فیل کیا تھا۔

اور اب تو مسٹنڈ بلّو دین نہد سے ہاتھ پونچھ رہا تھا، روشنیاں بھکا بھک جل رہی تھیں، کوری صحنک میں عود جل رہا تھا اور بٹن کو تیسری بار امتحان میں شریک ہونا تھا اور بلّو دین کہہ رہا تھا —— میں نے گرفت کر دی ہے اس کے حدود متعین کر دیے ہیں، شیخ سدو بڑا بدبو دار ہے، نہایت خبیث بڑی مشکل سے قابو میں آتا ہے"!

بٹن سوچنے لگی، مجھے تماشہ بنانے والوں کے مُنہ پر ایک چانٹا جڑ کر چلّانے لگوں کہ اندھو۔

وہ شیخ سدّو نہیں ہے ـــــ وہ میں خود ہوں ۔ مجھے خود مجھ سے کیسے جُدا کرو گے ـــــ لیکن یہ ساری باتیں سمجھنے کی نہیں تھیں۔

بِٹّن اس کی امّی، اس کے بابا جب حویلی میں اُٹھ آئے تھے تو اپنی ضروریات کے مطابق دو کمرے انھوں نے رکھ لیے تھے۔ لیوٹری سے متّصل ایک کمرہ بند پڑا تھا اور ساری حویلی تو سدا کی بند تھی۔ دور دور تک دیواروں پر ویرانی تھی۔ چھتوں پر مکڑیوں کے اتنے جالے تھے کہ بِٹّن کو صفائی کے خیال ہی سے وحشت ہوتی تھی۔ بانس کو جھاڑو لگا کر اس نے ہلایا نہیں کہ مکڑیاں کود پڑیں گی۔ اس کے کانوں میں، ناک میں، آنکھوں میں مکڑیاں، مکڑیوں کے جالے اور دیکھتے ہی دیکھتے کوئی شخص اس کے سامنے کھڑا تھا جس کی آنکھوں میں، ناک میں، کانوں میں، بالوں میں مکڑیاں ہی مکڑیاں تھیں، اُن کے جالے تھے اور اس شخص کا چہرہ پہچانا نہ جاتا تھا۔ بِٹّن نے غور تصوّر میں لرزتے ہوئے اس آدمی کو دیکھا، پہچاننے کی کوشش کی لیکن چہرہ ذرا سی جھلک دکھا کر کہیں چھپ جاتا تھا۔

یہ تو تمھاری ممی ہیں

نہیں نہیں تم خود ہو۔

بِٹّن نے زور لگا کر جب تصوّر میں آئے ہوئے اِن دونوں چہروں کو ہٹا دیا اور مکڑیوں سمیت چہرے پر سے ان کے جالے نوچ پھینکے تو علانیہ بابا کھڑا تھا ـــــ بِٹّن کو کیسا سکون ہوا، یہ سوائے بابا کے اور کون ہو سکتا ہے۔

سارا دلدّر بابا کے ساتھ چلتا ہے، کائی جمی ہوئی دیواریں، مُردہ چت پڑے مینڈک، بھٹکتی چمگادڑیں، جالوں میں لپٹی مکڑیاں، بابا چلتا پھرتا کھنڈر ہے، ہلتا جھولتا ویرانہ۔ اب ہم ماں بیٹیاں اِس ویرانے کو کیا بسائیں گی ـــــ وہ تو تنّھے ہیں جو چیخ چیخ کر اپنی

آوازیں سارے میں پھینکتے پھرتے ہیں۔ ورنہ ایسے ویرانے میں جینا دشوار ہو جاتا۔
بٹن کرید کرید کر اس ویرانی کو جو اس کی روح کے گھورے میں چھپی پڑی تھی نکال لاتی اور اسے باہر کی ویرانیوں میں پھینک کر سکون کی تلاش میں نکل جاتی اور ان سب باتوں کا امتحان سے کیا تعلق ہے۔ بٹن سوچتی یہ امتحان بیچ میں کس طرح آجاتا ہے۔ پرسوں رکشا میں جاتے ہوئے جب میں نے جنازہ دیکھا تھا تو مجھے سر پر کھڑا امتحان یاد آیا۔ اور میں "اِنَّا لِلّٰہِ وَاِنَّا اِلَیۡہِ رَاجِعُوۡن" تک پڑھنا بھول گئی۔ کھڑکی کے سامنے کوڑے کی ڈھیر پر مریل سورنی کے چھ سات بچے جب اس کی سوکھی چھاتیاں جھنجوڑ رہے تھے تو مجھے امتحان کے خیال سے وحشت ہو رہی تھی —— وہ مہردین حوض کا پانی غرغرے تک پہنچا کر جب بکرا ذبح کرنے لگا تو میری نظریں ذبح ہوتے بکرے کی پتھرائی ہوئی آنکھوں پر پڑیں۔ مجھے خیال آیا یہ آنکھیں تو میری ہیں۔ پھر میں نے توبہ کی، اللہ کا شکر ادا کیا کہ اس نے ہمیں بہتوں سے اچھا رکھا، لیکن میرا جی کہہ رہا تھا، امتحان سے تو اس طرح ذبح ہو جانا بہتر ہے۔ اللہ میں کیا کروں۔
اس دن بھی بٹن روز کی طرح مردہ مردہ سی تھی، دن گزرتا تو شام ہوتی اور رات ڈھلتی تو دن۔ یہ بات تو کوئی نئی بات تھی نہیں۔ ہر ایک جانتا تھا۔ لیکن بٹن کی طرح دن رات کو اتنی اہمیت دینا کہ جیسے انھیں تکتے نہ رہیں تو پہچان مشکل ہوگی کس کے بس میں تھا۔

اور سر شام جب بٹن نہا دھو کر نکلی تھی تو بھی اخباروں کی ان خبروں کا بوجھ اس کے ذہن پر جوں کا توں تھا جو صبح میں اس نے پڑھی تھیں۔ وہ جانتی تھی کہ ایمرجنسی نے سارے اُلٹے سیدھے ایجی ٹیشن خالی خولی دماغوں کے ڈبوں میں بند کر کے رکھ دئے

ہیں۔ بلوے، ہنگامے، جو بغض و عناد کا اشتہار تھے، اب تاریک اور ویران سینوں میں سکڑے سمٹے اپنی موت مر رہے ہیں۔ لوگ چلتے ہوئے ادھر میناروں پر کھڑے چلاتے نہیں ہیں۔ خاموشی سے کام کرتے ہیں۔ کیسی کایا پلٹ ہے۔ ایسا سکون کبھی دیکھا ہی نہ تھا، اللہ بچائے، اب کالج بھی چلے گا، امتحان بھی ہوگا، پھر میں کیا کروں گی، بہت دن پہلے بھی تو ایسا کچھ ہوا تھا۔ ایک ایجی ٹیشن ٹلنگانہ بغل میں دبا کر راجندری ین جا گھسا تھا اور ریر ہا جی تالیاں بجا بجا کر ناچنے لگے تھے اور طالب علم گردن جھکا جھکا کر کتابوں میں الفاظ ڈھونڈنے لگے تھے اور بِٹّن نے جب اپنے گیلے کھلے بالوں کو باندھنا چاہا تو اس پر غشی طاری ہوگئی۔ دیوار کا سہارا لے کر وہ سنبھلنا چاہتی تھی لیکن دیوار کسی نے وہاں سے ہٹالی اور وہ فرش پر ڈھیر ہوگئی تو دھڑاک سے دروازہ کھلا اور ممی بھاگیں اور چلانے لگیں —— میری بچی، میری بچی۔

اب وہ زمانہ کیا ہوا، وہ بھی دن تھے جیسے زندگی سڑکوں پر بکھری بکھری بھاگ رہی ہو! چُرمُر کی آواز آتی تو سڑکوں کے ٹوٹے بلب، دُکانوں کے ٹوٹے شیشے کانوں میں چرمراتے اور آنکھوں میں دھنس جاتے تھے۔ اب تو تلوے بھی زخمی نہیں ہوتے۔

ایک رات بِٹّن نیند سے چیختی ہوئی اُٹھی —— "مجھے بچاؤ، وہ مجھے کہیں لے جا رہے ہیں۔ میں نہیں جاؤں گی ممی، میں نہیں جاؤں گی۔"

بابا اپنے کمرے سے دیوانوں کی طرح بھاگتا ہوا آیا۔ اُس نے دیکھا بِٹّن اسے پاگلوں کی طرح تک رہی ہے۔ کتنی وحشت تھی ان آنکھوں میں۔ اور ممی بے چاری آیتیں پڑھتی جا رہی تھیں اور بِٹّن کے سینے پر پھونکتی جا رہی تھیں۔ کچھ دیر بعد بِٹّن نے جب بے ہوشی اور ہوش کے ملے جُلے عالم میں اِدھر اُدھر دیکھا تو اس نے کہا ممی، وہ کالا بلا یہیں کھڑکی

میں بیٹھا مجھے تک رہا تھا، پھر بڑا ہوتا گیا ممی، اور اتنا بڑا ہو گیا کہ اپنا السیشین اس کے نیچے چھپ گیا۔ پھر وہ بلاّ میری طرف بڑھنے لگا۔ اپنا پولی دُم دبا کر تخت کے نیچے جا چھپا، بھونکنا بھول گیا تھا وہ۔ وہ بلاّ کتنا کالا تھا ممی۔ ممی وہ جھپٹ کر میرے بہت قریب آ گیا تھا۔ جب تم نے مجھے سینے سے لگا کر کہا۔ بٹّن تو نے کوئی اُلٹا سیدھا خواب دیکھ لیا ہے بیٹی۔ یہاں کوئی نہیں ہے کہ اتنے میں بابا آ گیا۔

ممی، یہ بابا اپنے ساتھ چمگادڑیں، مُردہ مینڈکیاں، بیر بہوٹیاں، مکڑیاں اور ان کے جالے یہ سب کچھ لیے لیے کیوں پھرتا ہے۔ اس سے کہہ دو کہ کالا بھی اگر یہاں وہی لے آیا ہے تو خدارا اسے کہیں اور چھوڑ آئے۔ ممی ہم اپنے ہی کسی جھوٹ کی سزا تو نہیں پا رہے ہیں۔ میں ڈر گئی تھی تو بابا اپنے کمرے سے کیسے چلا آیا۔ اس کو کیا خبر کہ میں ڈر گئی ہوں۔ اور جب بابا آیا ہے تو وہ بلاّ اس کے قدموں میں لوٹ رہا تھا۔ پھر وہ اس کے قدموں ہی میں کہیں غائب ہو گیا۔ لیکن ممی یہ جو سینے پر ایک بھاری پتھر سا ہم نے رکھ لیا ہے اس کو سرکانے کے لیے بابا نے تو بہتیرا زور لگایا تھا لیکن جب اس کی ایک نہ چلی تو پھر وہ، چمگادڑیں اور مکڑیاں وغیرہ لے آیا۔ ہم نے اس کے ساتھ سلوک بھی اچھا نہیں کیا ممی —— جب وہ ہمارے سینے پر دھری پتھر کی سِل دیکھتے دیکھتے امتحان بن گئی —— اور امتحان کونے اُڑے۔ ایجی ٹیشن۔ اسٹرائک اور کیا کیا الم غلم۔ میں کیسی چین کی نیند سوتی تھی ممی۔ شہر بھر میں گولیاں چلتی تھیں۔ طالب علم مرتے تھے، لیکن میں چین کی نیند سوتی تھی۔ یہ کوٹھی اتنی ویران نہ تھی جب —— اب چاروں طرف امن ہے، کوئی بھی نہیں مرتا، لوگ بازاروں میں گھومتے ہیں۔ تفریح گاہوں میں، سینما ہالوں میں ہجوم بڑھتا جا رہا ہے۔ زندگی اسی طرح چلتی رہی تو کالج وقت پر

کھلیں گے بھی، وقت پر بند بھی ہوں گے پھر اپنا کیا ہوگا۔ اور بٹن قہقہہ مار کر ہنسنے لگتی، کیسی وحشت تھی اس کی آنکھوں میں، کیسی وحشت —— اور جب ممی نے گیارہ نام پڑھے، آیت الکرسی پڑھی تو پھر وہ نڈھال ہوکر ممی کی گود میں ڈھیر ہوگئی۔

دوسرے دن ڈاکٹر مایا نے کہا "ہسٹریائی فٹس ہیں۔"

ممی نے کھلے بندوں اعلان کر دیا کہ ہسٹریا وسٹریا کچھ نہیں ہے۔ یہ بھائیں بھائیں کرتی منحوس حویلی چھوڑ دینی چاہیئے۔ وہ دایا سچ ہی کہتی تھی، اس دھوبن نے بھی تو بتایا تھا کہ یہاں روحیں فرغل پہن کر منڈلاتی ہیں، اور میرے بچے، راہ چلتے لوگ جنھیں نظر لگاتے ہیں، میری بٹن جب ڈاکٹر بنے گی تو ایسی اوٹ پٹانگ تشخیص نہیں کرے گی —— اٹھا کر کہہ دیا آسانی سے کہ ہسٹریا ہے۔ واہ بھئی۔

بٹن دن بھر کیسی نڈھال نڈھال سی رہی۔

بابا نے سر پر ہاتھ پھیر کر جب اسے سمجھانا چاہا کہ بیٹا، کوئی خوف ہے جو تیرے دل میں کہیں بس گیا ہے، اسے نکال پھینک۔ تو سائنس پڑھتی ہے۔ اسپوٹنگ ایج میں جب کہ آدمی چاند پر جا چکا ہے، یہ بدروحیں، یہ شیاطین بھلا کس پر رعب جما سکیں گے۔ سو بے چارے اپنی موت آپ مر گئے ہیں۔ جب ان سے ڈرنے والا ہی کوئی نہیں رہا تو وہ خاک جئیں گے۔ جہاں سائنس نے ترقی کی شیطان مرا بے چارہ۔

ممی بیچ میں کود پڑیں۔

"گویا آپ یہ کہنا چاہتے ہیں کہ ہسٹریا ہی ہے۔ میں تو کہوں گی جن ملکوں نے سائنس میں ترقی کی ہے وہاں سے نکلے ہوئے شیطان بھی ہندوستان میں آبسے ہیں اور پھر کتابوں میں آیا ہے لوگوں کو بدروحیں تنگ کریں گی۔ شیاطین راستہ بھٹکا دیں گے۔"

ممی جب میدان میں آئیں تو بابا کی گھگھی بندھ گئی ـــــ بہ مشکل اتنا کہا کہ بٹن کو کچھ بھی نہیں ہے۔ نہ ہسٹریا نہ سایہ سپٹ ـــــ وہ کچھ اندر سے ٹوٹ سی گئی ہے، میری بات مانو تو۔

"میری بات"۔ ممی نے میدان میں جنگ کا اعلان کر ہی دیا۔ ڈاکٹروں کی ڈاکٹری بھی نہیں، کتابوں کا لکھا سچا نہیں۔ بٹن کو کچھ بھی نہیں ہے، وہ تو ڈھونگ رچا رہی ہے۔ اب آپ ہی کا علاج کیوں نہ کریں، نئی بیماری جو بتلادی آپ نے، اندر سے ٹوٹ رہی ہے۔ ـــــ وہ کوئی چینی کی گڑیا ہے جو اندر سے یا باہر سے ٹوٹے گی ـــــ خود ڈاکٹر بن رہی ہے، سب جان جائے گی"۔

کھڑکی سے تیز ہوا کا جھونکا آیا تو پاس پڑی ہوئی فزکس کی بوسیدہ کتاب سے دو چار ورق لے اُڑا۔

بٹن نے کتاب کے ورق اُڑتے دیکھے تو مُنہ پھیر لیا۔

بابا نے کن انکھیوں سے بٹن کو دیکھا اور ٹھنڈی سانس بھرے بغیر اس کی ممی کو ادھر اُدھر کی دوسری باتوں میں لگائے رکھنے کی کوشش کرنے لگا۔

▲▲

۱۹۷۰

(آج کل۔ نئی دہلی)

پنجرے کا آدمی

یزدانی نے ریحانی سے کہا:

"اونہہ —— ہٹاؤ بھی ڈیشسٹ ہے"!

جیلانی پاس کھڑا سُن رہا تھا۔

کچھ نہ سمجھ سکا تو پوچھا —— "یہ ڈیشسٹ کیا ہے"؟

یزدانی نے ریحانی کو ٹہوکا دیا۔ اور دونوں مسکرائے پھر ریحانی کہنے لگا:

"ڈیشسٹ یعنی بنڈل۔ یعنی ایک دم آلتو فالتو —— یعنی"

"ہاں ہاں سمجھ گیا۔ لیکن تم لوگ پپا کے تعلق سے ایسی باتیں کرتے ہو"؟

"اچھا جی —— جیسے آپ پوجتے ہیں انھیں"۔

"دوں گا ایک"—— جیلانی کھسیانا ہو گیا اور پینترا بدل کر ہوا میں اس طرح گھمایا جیسے دونوں چھوٹے بھائیوں کے جبڑے توڑ دے گا۔ جیلانی کی یہ حرکت نہ اپنی شکست کا اعتراف تھی اور نہ بھائیوں کے کہے سنے پر احتجاج۔ بس ایک کھسیانا پن تھا جو ہوا میں مُکا بن گیا تھا۔ اس لیے بھی کہ اس نے خود عثمانی صاحب کو اپنے چھوٹوں کے سامنے اہمیت نہیں دی تھی۔

عثمانی صاحب پر دیکھنے والوں کو ترس آجاتا ــــ ایسا طنطنہ کہ شحنۂ شہر کوتوال مزاج داری کرے۔ اور پھر مزاج کا یہ تیکھا اور کرارا پن ورثے میں ملا تھا۔ کچھ مانگے تانگے کا بھی تو نہیں تھا۔ اور اس طنطنے کو اور کرارے پن کو اولاد نے روند کر رکھ دیا تھا۔

اور بے چارے عثمانی صاحب اپنے ہی پندار کے جنازے کو اپنے ہی ہاتھوں غسل دے رہے تھے۔

کوئی سوچتا شاید رومی ٹوپی اور شیروانی کی تہذیب ٹائٹ پتلون اور اونچی بُش شرٹ کے کلچر سے ٹکرا رہی ہے۔ اب سوچئے تو بھلا ایسے میں کیا ہوگا۔ بات صاف ہے۔ اس میں سوچنے کے لئے ہے بھی کیا۔

رومی ٹوپیاں اور شیروانیاں تو کب کی مرچکیں۔

ٹھیک ہے مرچکی ہیں ــــ لیکن وہ رومی ٹوپیاں اور شیروانیاں جو عثمانی صاحب کی روح میں، سینے میں، دل میں ہر جگہ بغیر ہینگر کے پیا پکارے جانے کے باوجود جھول رہی تھیں ان کا کیا ہوگا؟

اب عثمانی صاحب تیزی سے بوڑھے ہونے لگے تھے۔ وہ عثمانی صاحب جو اپنے باپ کے سامنے ٹوپی اوڑھے بغیر نہ جاتے تھے، آنکھوں میں آنکھیں ڈال کر بات نہ کرتے تھے انھوں نے جب دیکھا کہ ان کی اولاد پاؤں پسار کر بیٹھی ہے تو پیر سید ھے بھی نہیں کرتی۔ وہ غصہ میں رہی تو یہ سیٹیاں بجاتی ہے۔ اب یہ اور بات ہے کہ سیٹیاں یوں بجتی ہیں جیسے غصے کا علم نہ ہو اور غصہ یوں ہوتا ہے جیسے سیٹیاں سنائی نہ دے رہی ہوں۔

اب ایک گھر میں رہ کر باپ بیٹے اتنا سمجھوتہ بھی نہ کرلیں تو ایک گھر میں کیسے رہیں۔

جاگیرداری کے زوال سے صنعتی انقلاب کی دھمادھم تک ایک ہی جست میں انسان کتنی زندگیاں جی کر مرگیا ہے —— اور جو مرا نہیں ہے ہانپ رہا ہے۔

ٹوپی اوڑھنا اور آنکھ نہ ملانا، وہ بھی ایک انتہا تھی۔

پاؤں پسار کر سیٹی بجانا —— یہ بھی ایک انتہا ہے۔

ان دو انتہاؤں کے درمیان سانس لینے والے عثمانی صاحب سچ پوچھئے تو بین بین کوئی راستہ نکال ہی نہ سکے۔ کچھ الٹی سیدھی کوششیں کیں تو ان کا اثر یہ ہوا کہ ہاتھ کے پلے بیٹر ہاتھ پر سے اُڑ گئے، کیونکہ عثمانی صاحب کو جس تہذیب نے ورثے میں یہ مزاج عطا کیا تھا کہ جو وہ کہیں وہی حرفِ آخر، تو ان کے گھر پر پروان چڑھنے والی نئی پود یہ ٹھان کر اٹھی تھی کہ ہر شے کو جھٹلا دیا جائے۔

ویسے عثمانی صاحب دل کے برے بھی نہ تھے لیکن دل کے برے یا اچھے ہونے سے اس دُنیا میں کیا ہوتا ہے —— اور پھر کون جانے کہ کون دل کا اچھا ہے کہ کون بُرا۔ ہاں فلم کے گانے کے بول کانوں میں کبھی کبھی پڑجاتے ہیں —— کہ —— آدمی بُرا نہیں ہے دل کا —— لیکن عثمانی صاحب آدمی بھی تو نہ تھے —— وہ آدمی سے بڑی کوئی ایسی مخلوق تھے جس کے آگے ہر آدمی کو جھکنا چاہیئے اور اس بات کا عثمانی صاحب کو علم بھی تھا کہ ہر آدمی اُن کی تعظیم و تکریم کے لیے بنایا گیا ہے...... اللہ نے جیسے ساری فراست ان کے ذہن رسا کو ودیعت کی تھی —— آخر یہ ساری نعمتیں دینے والا معبودِ حقیقی سب کچھ دے کر چُپ کیوں رہتا۔ کان میں آہستہ سے پھونک دیا ہوگا کہ،

"میاں تمھیں سب کچھ دے دیا ہے"۔

اب جو عثمانی صاحب سینہ تان کر اُٹھے تو عالم فاضل وہ تھے —— موسیقی کے ایسے

پارکھ کہ استادانِ فن احترام کریں۔ سائنس اور ٹکنالوجی میں تبحرِ علم کا وہ حال کہ ڈنٹھل سے اڑنے والا ہوائی جہاز بنادیں اور اُڑتا ہوا دیکھیں۔

—— خواہ کسی کو کچھ نظر آئے یا نہ آئے۔

—— انھیں تو اس ہوائی جہاز کی آواز بھی سنائی دیتی —— ناقد ایسے کہ کسی علم کا کوئی گوشہ نہ چھوڑتے۔ کسی دل میں اُتر جانے والی آواز پر کسی تان پلٹے پر کوئی پھڑک اُٹھے اور سر دُھنے تو عثمانی صاحب بگڑ بیٹھیں "بھئی آپ کیا جانتے ہیں بھلا —— آپ کی سمجھ میں کیا خاک آئے گی موسیقی"۔

جھومنے والا اپنا سانس درست کر کے رہ جاتا اور جب اس طرح اس کی حس پر پہرے بٹھادئے جاتے تو وہ چپکے سے محفل سے کھسک جاتا۔

عثمانی صاحب کا خیال تھا کہ کوئی آدمی قوس قزح کو دیکھ کر خوش ہونے کا حق نہیں رکھتا جب تک کہ اسے یہ نہ معلوم ہو کہ ہرے رنگ میں پیلا رنگ ملانے سے کون سا رنگ بنتا ہے اور کیا تعجب کوئی بنتا ہی نہ ہو —— قصّہ مختصر یہ کہ خدائے زمان و مکاں ایک تھا تو خدائے سخن وہ تھے۔ خدائے علم و فن وہ تھے۔

دن کے بارہ بجے کھڑی دوپہر کو جب کہ ہر طرف سناٹا ہو وہ کہہ دیتے شام کے چھ بج کر سات منٹ ہوئے ہیں، کیا سہانا سماں ہے۔ اب سارے گھر والے آنکھیں جھپکا جھپکا کر سُہانا سماں دیکھتے تو چھوٹے تھے، ان کے بزرگ بھی وہاں ہوتے تو انھیں سُہانا سماں دیکھنا ضروری ہوتا۔

اگر کوئی دبی زبان میں یہ کہنے کی کوشش کرتا کہ

"جی نہیں۔ جی نہیں دھوپ ہے"۔

تو وہ افتاد پڑتی کہ سرے سے دھوپ ہی اپنا رنگ بدل دیتی۔

عثمانی صاحب کی اس خود پسندی اور انا نے جب بچوں کو یہ منظر دکھلایا کہ جو شے بھی پپا کو نہیں بھاتی اس کا وجود ہی خطرے میں پڑ جاتا ہے تو انھیں بھی زندگی کرنے کا یہ ڈھنگ پسند آیا۔

شیر کے بچے شیر ہی تو ہوں گے جھینگر نہیں ہو سکتے۔ آپ کہیں گے یہ شیر سے جھینگر تک بات کیسے پہنچادی تو میں کہوں گا جس شخص کا ذکر ہو رہا ہے وہ کسی بات کو بھی پاتال سے آسمان تک پہنچا سکتا ہے تو کیا میں شیر کو جھینگر تک نہیں پہنچا سکتا۔

اب ان شیر کے بچوں نے یوں شروع کیا کہ بھری محفل میں کسی کی پگڑی اُچھال دی۔ ادھر پگڑی اُچھلی کہ ادھر عثمانی صاحب اچھل پڑے ـــــ دیکھا ـــــ کیسا انٹیلیجنٹ ہے ـــــ کتنا ذہین ہے ـــــ اور جس آدمی کی ہیئت بگڑ گئی ہے وہ بے چارہ منہ تکتا رہ گیا ـــــ اس کی سمجھ میں بھی نہ آیا کہ ذہانت یہی ہے تو دل آزاری کیا ہے۔

ایسے میں خاندان کے کسی بچے نے بھی دیکھا دیکھی عثمانی صاحب سے کچھ مذاق کرنا چاہا تو اس کی شامت آئی۔ وہ تو سمجھے ہوئے تھا کہ انٹلی جنس کا کوئی آدھا سرا عثمانی صاحب اس کے ہاتھ میں بھی تھما دیں گے ـــــ وہ بھی خوش ہولے گا کہ چلو میں انٹلی تو ہوں۔ ـــــ انٹلی بھی نہ سہی تو چلو جنٹ تو ہوں۔ لیکن عثمانی صاحب کچھ یوں اسے گھر کتے کہ وہ سمجھ جاتا کہ سب کچھ انھیں کے گھرانے کی ملکیت ہے۔

لیکن جب ان شیر کے بچوں نے دانت نسوڑنا سیکھا تو عثمانی صاحب خود اس پنجرے میں جا چھپے جہاں کبھی یہ شیر کے بچے پرورش پا رہے تھے اور سلاخوں کے پیچھے سے انھیں گھر کنا چاہا۔

لیکن اب کیا ہو سکتا تھا۔

ان کی آواز سلاخوں سے لپٹ کر رہ گئی۔

انھیں محسوس ہوا جیسے ان کی اولاد ان سے کہہ رہی ہے:

"اونہہ۔۔۔ ہٹاؤ بھی ۔۔۔ تم تو ایک ماضی ہو۔"

"تم کیا جانتے ہو۔"

"تم نے کب زندگی کو سمجھا ہے۔"

"زندگی کبھی کسی کی سمجھ میں آئی ہے۔"

اور ان ساری باتوں کے بجائے صرف اتنا کہہ دیتے :

" اونہہ ہٹاؤ بھی ویشسٹ ہے۔

"ویشسٹ" ایک بے معنی سا لفظ جو انھوں نے اختراع کر رکھا تھا ۔۔۔ اور جس کے معنی صرف وہی سمجھتے تھے۔

عثمانی صاحب نے یہ سب کچھ سنا تو چپکے سے اٹھے اور پنجرے کا وہ دروازہ بھی اندر سے بند کر لیا۔ جو کھلا تھا

۱۹۷۰

(نیا دور۔ لکھنؤ)

بچھڑا

دیے آج بہت خوش خوش دکھائی دیتا تھا۔ بظاہر اس خوشی کی وجہ کسی کی سمجھ میں نہ آتی تھی ـــــ مجھے بھی، جو، دیے کی احمقانہ حد تک معصومیت سے واقف تھا، اس لیے اچنبھہ ہو رہا تھا کہ کل شام کے حادثہ کی بات میرے ذہن تازہ تھی ـــــ دیے کی نم آنکھیں، دیے کا اُترا ہوا چہرہ، دیے کے چوڑے چکلے سینے پر شرٹ کا ٹوٹا ہوا بٹن۔ پھر اُس کی باتیں، اُس کی قسمیں۔ سب یاد آتی تھیں۔

لیکن وہ لڑکی دوسری بار ٹیبل تک آئی تو میں نے کہا۔ بیٹھ جاؤ اور اُس وقت تک بیٹھی رہو جب تک میں تمھیں جانے کی اجازت نہ دوں ـــــ یہ بات میں نے اس لڑکی سے مسکراتے ہوئے کی۔ مسکرانا اِس لیے بھی میرے لیے ضروری تھا کہ اُس لڑکی کی فائل میرے پاس تھی ـــــ اور وہ لڑکی غرض مند تھی اور اس پر کارروائی میں چونکہ میری طرف سے تاخیر ہوئی تھی اس لیے میں بھی غرض مند تھا کہ اس لڑکی کو رجھا کر تاخیر کا ازالہ کر سکوں۔ مسکرا کر مجھے، یہ احساس بھی اس کو دلانا تھا کہ میں اس کی غرض مندی سے فائدہ نہیں اُٹھا رہا ہوں بلکہ جنس لطیف ہونے کے ناطے

اس کی دل جوئی کر رہا ہوں۔ اور پھر اس کے پیچھے کوئی اور جذبہ بھی چھپا ہو سکتا تھا —— یہ جذبہ تو ہوگا ہی کہ میں اس پر واضح کر دینا چاہتا تھا کہ اسے کارروائی کا تعلق دتّے سے صرف بتا نہیں ہے —— وہ اس کو غلط باور کرا تا رہا

وہ مجھ سے زیادہ مسکراتی ہوئی میرے مقابل بیٹھ گئی۔

ایک دن پہلے جب وہ لڑکی آئی تھی تو میں سیٹ پر نہیں تھا۔ لیکن میں سن چکا تھا کہ دتّے نے اُس سے اپنے انداز کے مطابق بڑی ہمدردی کی۔ پھر تھوڑی دیر آفس سے غائب رہا اور جب لوٹا تو مسکرا مسکرا کر اپنے جونیر ساتھیوں کو اس طرح دیکھا کہ سب ہی اس میں دل چسپی لینے لگے۔

"کہو کیا ہوا" —— ؟ اب دتّے زمین آسمان کے قلابے ملانے لگا اچھی خاصی رومانس کی داستان گھڑ دی۔ —— ایک وقت کسی لڑکی سے بات کر کے وہ ایسی داستانیں بنا لیتا اور نہ صرف خوش ہو لیتا بلکہ ساتھیوں کو سناتا پھرتا۔ بعض وقت ان داستانوں کا اختتام غلو کی اس حد پر ہوتا جہاں کسی عورت کے لیے، اُس سے زیادہ کچھ کہنے کو نہیں رہ جاتا —— مجھے دتّے کی ان اوچھی حرکتوں سے ملال ہوتا تھا۔ اُس کی جنسی زندگی لفظ و بیان تک پہنچ کر لذّتیت کا شکار ہو جاتی تھی اور اسی میں سکون پاتی تھی۔

جب وہ لڑکی میرے مقابل بیٹھ گئی تو اس سے میں دیر تک باتیں کرتا رہا۔ —— کالے رنگ پر کم ہی اتنی کشش ہوتی ہے جو اس میں تھی۔ جب وہ مجھ سے ذرا گھل گئی تو اس نے کہا:

"یہ جو دتّے جی ہیں، بڑے بھولے آدمی ہیں۔ جانے کیا سمجھ بیٹھے تم مجھے۔

کل مجھے بڑی تلخی سے پیش آنا پڑا ـــــ ورنہ وہ تو بس" ـــــ اور وہ ہنس پڑی۔

مجھے اس لڑکی کی باتوں سے اندازہ ہوا کہ شام کا حادثہ اُس لڑکی سے تعلق نہ رکھتا تھا اور آفس کے ساتھیوں نے بے وجہ خبر غلط اُڑادی ہے ـــــ تو یہ بات طے تھی کہ کل دئے دو حادثوں کا شکار رہا ہے اور آج صبح اس قدر خوش ہے جیسے کل کچھ نہیں ہوا۔

کچھ دیر بعد معلوم ہوا کہ کسی افسر نے دئے کے سپرد اپنے گھر کا کچھ کام کیا تھا ـــــ میں بہت آسانی سے اندازہ لگا سکتا تھا کہ دئے کیوں خوش ہے ـــــ جمہوریت کے اس دور میں جب کہ چپراسی بھی کسی افسر کے گھر پر کام کرنے پر احتجاج کرسکتا ہے، دئے افسروں کے خانگی کام کرتا تو پھولا نہ سماتا۔

میرا اندازہ اتنا غلط بھی نہ تھا۔ کچھ دیر بعد جب دئے کمرے میں داخل ہوا تو میں اپنے سکشن میں اکیلا تھا۔ سب ہی ساتھی لنچ کے لئے گئے ہوئے تھے۔ میرے برابر ہی دئے کی سیٹ تھی ـــــ سیٹ پر بیٹھنے سے پہلے دئے واقعی اس عالم میں تھا کہ جیسے اس کی کوئی مراد برآئی ہو۔ کبھی ہاتھ نچا رہا ہے، کبھی ٹھمک ٹھمک کر گنگنا رہا ہے۔ سگریٹ وہ پیتا نہ تھا۔ لیکن ترنگ میں ہوتا تو لبوں پر دونوں انگلیاں رکھ کر لمبا کش لیتا اور ہونٹوں کی گولائی سے اس طرح دھواں خارج کرتا جیسے دھوئیں کے حلقے بنا رہا ہو جو کسی کو نظر نہ آتے ـــــ لیکن اس کی اندرونی کیفیت کا اندازہ ہوسکتا تھا کہ وہ کتنا خوش ہے ـــــ

وہ ابھی بیٹھا ہی تھا کہ کاریڈار میں دو نئے چہرے نظر آئے جو کھڑکی میں سے اشارہ کرکے اُس کو بلا رہے تھے ـــــ میں کل والی بات چھیڑنے ہی کو تھا کہ وہ اُٹھ

کھڑا ہوا اور ان دو نوجوان چہروں کی طرف لپکا۔ جب وہ باہر پہنچ گیا تو میں نے کھڑکی میں سے دیکھا ـــــ وہ ان دونوں کی کمر میں ہاتھ ڈالے ہیرو کی طرح درمیان میں چل رہا تھا ـــــ خاصی دیر تک وہ غائب رہا۔ جب لوٹا تو کمرے میں قریب قریب سب ہی ساتھی جمع ہو گئے تھے ـــــ کرسی پر بیٹھتے ہوئے اُس نے نہ دکھائی دینے والے سگریٹ کے دو لمبے کش لیے، پھر اس طرح کھانسا جیسے مجھے مخاطب کر رہا ہو ـــــ میں نے اس کو نظر انداز کر دیا۔ میں جانتا تھا کہ اس طرح میری بے رخی اس کو کھل کر رہے گی۔ منٹ دو منٹ بمشکل وہ خاموش رہا۔ پھر میری وہ فائل گھسیٹ لی جسے میں پڑھ رہا تھا بلکہ یوں ظاہر کر رہا تھا کہ پڑھ رہا ہوں ـــــ یہ اس بات کا کھلا اعلان تھا کہ اب مجھے اس سے مخاطب ہو جانا چاہیے۔ میں نے بظاہر بے دلی سے کہا "کہو کیا بات ہے ـــــ؟ بہت خوش نظر آتے ہو ـــــ اور ہاں بھئی! وہ ایک لڑکی آئی تھی تمھاری تلاش میں"۔

ڈے خود ہی چاہتا تھا کہ مجھ سے یہی بات کرے۔ کرسی قریب گھسیٹ کر اُس نے پھر سگریٹ کا کش لیا۔ بڑی رازداری سے پوچھنے لگا "کیا کہتی تھی میرے متعلق"۔

میں نے کہا ـــــ "اُس کی فائل میرے پاس تھی سو اس سلسلے میں وہ جاننا چاہتی تھی۔ تمھارے متعلق اس نے کچھ نہیں کہا اور میں سمجھتا ہوں کہ اس معاملے میں تمھارا کچھ تعلق بھی تو نہیں"۔

ڈے اس طرح جل گیا جیسے میں کوئی اس کا رقیب ہوں ـــــ اپنی کرسی گھسیٹ کر اپنے میز کے قریب کر لی۔ چھینی ہوئی فائل مجھے لوٹا دی ـــــ اب مجھے لطف آنے لگا تھا۔ مجھے اندازہ تھا کہ میں نے ڈے کو اندر سے ہلا کر رکھ دیا ہے ـــــ اس کے احساسات

اور جذبات کی دنیا تہس نہس ہوگئی ہے ـــــ ایک جملہ بعض وقت صرف ایک لفظ دئے کو اٹھا اٹھا کر پٹکنے کے لیے کافی ہو جاتا۔ دئے اپنی عمر کے چالیس کھانے کے باوجود بارود کی طرح تھا۔ ایک چنگاری اس کے لیے کافی تھی۔ اور یہ راز میں جانتا تھا۔ کچھ دیر چپ رہا، پھر کہنے لگا ـــــ "بڑے آدمی ہو نا! کیوں بات کروگے؟"

میں نے کہا ـــــ "ہاں بڑا آدمی ہوں تب ہی تو تنخواہ تم سے چھ روپے کم ہی پاتا ہوں۔"

اس سے کیا ہوتا ہے ـــــ "نام بڑا ہے نا تمھارا!"

میں نے کہا ـــــ "ہاں اسی لیے تو فائلوں میں تم سے زیادہ سر پھوڑتا ہوں"۔

"بڑے آئے کام کرنے والے" ـــــ اس نے جھک کر میری ران میں چٹکی لی اور پھر کرسی قریب کرلی۔

مجھے اب اس پر ترس آنے لگا ـــــ میں نے کہا ـــــ "دئے چلو کچھ بات چیت ہو ہی جائے۔ جب تم اتنے خوش ہو تو اس خوشی میں کچھ میرا بھی حصہ سہی"۔

اس نے سگریٹ کا کش لینے کے لیے ہاتھ اٹھایا ہی تھا کہ اس کا ہاتھ یکایک سمت بدل کر ہپ پاکٹ میں چلا گیا ـــــ یہ میرے لیے مژدۂ جاں فزا تھا ـــــ پھر اس کا ہاتھ میز کی نچلی سطح سے میرے ہاتھ تک پہنچا ـــــ اور میں نے دیکھا کہ میرے ہاتھ میں پانچ کا نوٹ تھا۔

دئے میری اس کمزوری سے بخوبی واقف تھا ـــــ وہ جانتا تھا کہ مجھے ہمیشہ ہی پیسے کی ضرورت رہتی ہے ـــــ دئے نے سگریٹ کا نہ دکھائی دینے والا کش لے کر کہا۔

"دیکھ کیا رہے ہو پورے پانچ سو ہیں" ـــــ (یعنی پانچ سو پیسے۔ ہم میں یہ طے تھا کہ ہم

روپیوں کا ذکر پیسوں میں کرتے، لیکن زبان سے صرف تعداد ہی کہی جاتی۔ پیسے نہیں)۔

" تو اِس ماہ اب تک بارہ سو ہو گئے ـــــ پچھلے سات سو تھے نا؟"

اس نے کہا ـــــ "ہاں" پھر سنبھلا کہنے لگا "اب تک کیا بس یہ آخری ہے۔ اس ماہ کا کوٹہ ختم سمجھو۔"

میں نے اصلی سگریٹ جلاتے ہوئے مسکرا کر شکریہ ادا کیا۔

اب میرے لیے ضروری تھا کہ ڈے کے لیے اپنا اتنا وقت نکالوں جتنا وہ چاہتا ہے۔ سودا مہنگا پڑتا ـــــ اس لیے کہ ڈے کو یہ پیسے تو لوٹا دیے جاتے تھے۔ لیکن ڈے میرا وہ وقت کہاں لوٹا رہا گا جو اپنے تصرف میں لا چکا ہے ـــــ لیکن مجبوری تھی مصالحت کے بغیر کوئی چارہ نہ تھا۔

اب مجھے (نیم) باتیں کرنی تھیں جو ڈے کو ذرا ترنگ میں لا سکتیں۔

"کیوں استاد ہونا چھپے ستم ـــــ وہ لڑکی کہتی تھی۔ ڈے صاحب بڑے ہمدرد آدمی ہیں ـــــ استاد فائل میرے پاس اور ہمدردی تم کرو۔"

اپنی ناک سے ہنسی کی مخصوص آواز نکالتے ہوئے ڈے اپنی کرسی پر جھوم گیا۔ سگریٹ کا نہ دکھائی دینے والا کش لیا۔

پھر بڑے رازدارانہ انداز سے مجھ سے کہنے لگا ـــــ " سنا تم نے بھی اس سے بہت دیر تک باتیں کیں۔"

میں نے کہا ـــــ "ہاں استاد باتیں ضرور کیں۔ فائل جو میرے پاس تھی لیکن پیچھا نہیں کیا۔"

اب ڈے کرسی پر سے قریب قریب اچھل پڑا ـــــ بڑے فخریہ انداز سے مجھے دیکھا۔

کہنے لگا — "تو تمہیں یہ بھی معلوم ہو چکا ہے کہ ہمارا رومانس"

میں نے بات اُچک لی۔

"اجی، مجھے کیا نہیں معلوم"

"وہ مجھ سے اتنا قریب ہو گیا کہ اب اس سے زیادہ قرب کی گنجائش نہیں تھی۔

کہنے لگا: "مجھے اس بات کا بڑا دکھ ہے جی — یہ آفس کے بعض ساتھیوں نے اُڑا دی ہے کہ اس لڑکی کے کسی بھائی بند سے میری ہاتھا پائی ہوئی —" پھر وہ کہنے لگا: "مجھے تو پہلے ہی اُس لڑکے کی بدتمیزی کا دکھ تھا اُس پر لوگوں نے یہ رنگ الگ دے دیا۔"

"پھر بات کیا تھی"۔

وہ لونڈا جسے میں نے اتنا عزیز رکھا۔ مذاق مذاق میں برہم ہو گیا — تم سچ ہی کہتے تھے کہ میں ان نئے آئے ہوئے لڑکوں سے اتنا گھل مل جاتا ہوں کہ اپنے اور ان کے درمیان کوئی فاصلہ قائم نہیں رکھتا — پہلے تو یہ لڑکے میری تھوڑی بہت عزت کرتے ہیں پھر مجھے کھلونا بنا لیتے ہیں — وہ تو یار مجھے بدھو اور کیا کیا کہہ دیتے۔ اب میں اُن کے ہاتھوں کھلونا نہیں بنوں گا —" اتنا کہتے کہتے وہ آب دیدہ ہو گیا۔ — کہنے لگا: "زمانہ کتنی تیزی سے بدل رہا ہے جی۔ ہم اپنے بزرگوں کا کتنا احترام کرتے تھے — اور یہ لونڈے جی، کہتے ہیں میں ان کی ٹولی میں شامل ہو کر کچھڑا بن گیا ہوں"۔

یہ بات کچھ ایسی غلط بھی نہ تھی — وہ اپنے پرانے ساتھیوں کے ساتھ کم ہی رہتا۔ لڑکوں ہی کے ساتھ زیادہ گھومتا — باتیں بھی کچھ ایسی کرتا جس سے اُس کے

ذہن کی ناپختگی کا بار بار اعادہ ہوتا۔

باتیں کرتا کرتا وہ اُٹھ کھڑا ہوا۔ کہنے لگا: "میں ابھی آتا ہوں"۔

میں نے کھڑکی میں سے دیکھا، وہ اُن دونوں نوجوانوں کے ساتھ سیٹی بجاتا کاریڈار سے گزر رہا تھا جن کے بارے میں ابھی کچھ دیر پہلے معلوم ہوا تھا کہ آج ہی ان کا تقرر ہمارے آفس میں ہوا ہے۔ میرے دوسرے ساتھی دئے کو دیکھ کر زیرِلب مسکرا رہے تھے لیکن وہ بے نیاز تھا۔

1970

(نیا دور۔ لکھنؤ)